唐诗宋词里的趣事

季风 著

图书在版编目（CIP）数据

唐诗宋词里的趣事 / 季风著. —北京：北京大学出版社，2016.10
ISBN 978-7-301-27491-0

Ⅰ.①唐… Ⅱ.①季… Ⅲ.①唐诗-鉴赏②宋词-鉴赏 Ⅳ.①I207.2

中国版本图书馆CIP数据核字（2016）第212827号

书　　　名	唐诗宋词里的趣事 TANGSHI SONGCI LI DE QUSHI
著作责任者	季　风　著
责 任 编 辑	刘　维　李淑华
标 准 书 号	ISBN 978-7-301-27491-0
出 版 发 行	北京大学出版社
地　　　址	北京市海淀区成府路205号　100871
网　　　址	http://www.pup.cn　　新浪微博：@北京大学出版社
电 子 信 箱	hzghbooks@163.com
电　　　话	邮购部 62752015　发行部 62750672　编辑部 65913539
印 刷 者	北京盛兰兄弟印刷装订有限公司
经 销 者	新华书店 880毫米×1230毫米　A5　7.75印张　136千字 2016年10月第1版　2017年4月第3次印刷
定　　　价	32.00元

未经许可，不得以任何方式复制或抄袭本书之部分或全部内容。
版权所有，侵权必究
举报电话：010-62752024　电子信箱：fd@pup.pku.edu.cn
图书如有印装质量问题，请与出版部联系，电话：010-62756370

目录
Contents

前言... I

第一章 / 乐府谱写历史：秦淮有水水无情，还向金陵漾春色

赫赫有名的"因诗杀人"是否确有其事？ ...003
"秦淮有水水无情"仅指的是地方名吗？ ...009
"顾惟孱弱者，正直当不亏"表现了诗人怎样的思想境界？ ...013
"滟滟随波千万里，何处春江无月明"表达了作者怎样的情怀？ ...017
"吁嗟逢橡媪"体现了怎样的一种苛政？ ...021

第二章 / 律诗明心言志：春蚕到死丝方尽，蜡炬成灰泪始干

"蜡炬成灰泪始干"隐藏着诗人怎样的情感经历？ ...027
"但使龙城飞将在"中的"飞将"指的是谁？ ...032
"冯唐易老，李广难封"背后隐含着怎样的故事？ ...036

"漫卷诗书喜欲狂"是因为作者取得了功名吗？ ... *040*

"贾谊上书忧汉室，长沙谪去古今怜"深藏着什么样的故事？ ... *044*

"海上生明月，天涯共此时"这一千古名句是谁创作的？ ... *048*

"想见读书头已白"是什么意思？ ... *052*

"曾是洛阳花下客，野芳虽晚不须嗟"的作者经历了哪些坎坷？ ... *056*

第三章 / 山水田园自然：明月松间照，清泉石上流

"清泉石上流"是诗人的真实所见吗？ ... *063*

"气蒸云梦泽，波撼岳阳城"中的"云梦泽"是哪里？ ... *067*

"昔人已乘黄鹤去"是诗人亲眼所见？ ... *071*

"曲径通幽处，禅房花木深"描绘的是什么样的景色？ ... *075*

"移石动云根"中的"石头"真的动了吗？ ... *079*

"独怜幽草涧边生"是诗人真的喜欢草吗？ ... *083*

"一水护田将绿绕"是怎样的田间写照？ ... *087*

"千山鸟飞绝"真的没有鸟了吗？ ... *091*

第四章 / 边塞战争苍凉：羌笛何须怨杨柳，春风不度玉门关

"春风不度玉门关"中的"玉门关"在哪里？ ... *097*

"大漠孤烟直，长河落日圆"描绘的是怎样的塞外景色？ ... *103*

"醉卧沙场君莫笑"说的是诗人喝醉了吗？ ... *108*

"不破楼兰终不还"中的"楼兰"是哪里？ ... 112
"千树万树梨花开"写的真是梨花吗？ ... 117
"请君暂上凌烟阁"中的"凌烟阁"是什么地方？ ... 121

第五章 / 浪漫自由追求：举杯邀明月，对影成三人

为什么说"今人不见古时月，今月曾经照古人"？ ... 129
"人生得意须尽欢"尽的是什么欢？ ... 133
"陌上花开，可缓缓归矣"是最浪漫的情书？ ... 137
什么是"水面清圆，一一风荷举"？ ... 142
"暗香浮动月黄昏"表现了隐士们怎样的浪漫情怀？ ... 146
"相寻梦里路，飞雨落花中"描写了晏几道怎样的
浪漫邂逅与追寻？ ... 150

第六章 / 现实主义情怀：君不见，青海头，古来白骨无人收

"青海头"说的是哪里？ ... 157
"今春看又过，何日是归年"抒发的是诗人的思乡情怀吗？ ... 163
"轻烟散入五侯家"是在讽刺宦官专宠吗？ ... 168
"隔江犹唱后庭花"中的"后庭花"是花的名称吗？ ... 172
"可怜无定河边骨"中的"河边骨"有什么故事？ ... 176
"茂陵何事在人间"是在讽刺谁？ ... 180

第七章 / 婉约柔美词情：衣带渐宽终不悔，为伊消得人憔悴

"衣带渐宽终不悔"中的"衣带渐宽"暗指什么？ ... 187
"雁过也，正伤心，却是旧时相识"描写的是怎样的场景？ ... 190
"天上人间"中的"天上"和"人间"分别指什么？ ... 194
"蓦然回首，那人却在，灯火阑珊处"中的"那人"指的是谁？ ... 198
"便纵有千种风情，更与何人说"表达了作者怎样的情怀？ ... 202

第八章 / 豪放激昂词话：江山如画，一时多少豪杰

"江山如画，一时多少豪杰"抒发了诗人怎样的感慨？ ... 209
"马作的卢飞快"中的"的卢"指的是哪匹马？ ... 213
"持节云中，何日遣冯唐"有什么典故？ ... 217
"千古江山，英雄无觅，孙仲谋处"中的英雄有谁？ ... 220
"一为钓叟一耕佣"中的"钓叟"和"耕佣"指的是什么？ ... 226
"追想当年事，殆天数，非人力"有关的事和人有哪些？ ... 232

前言
Preface

唐诗和宋词自古以来就被称为中华文学史上的"双绝",代表着中国古代文学的两座高峰。长久以来,唐诗宋词中展现出的语言美、意境美、音乐美,不断地冲击着一代又一代读者的心灵。然而,随着时代的变革,诗词创作在中国文坛的地位,逐渐被戏曲、小说、散文等新型文学体裁取代,而传统国学当中的华丽瑰宝因此遭逢关注的低谷。

传承卓越,经典永驻。即便诗词创作已经不再占据当前中国文化体裁的主导地位,但其精致凝练、朗朗上口的文学特性,依然具备非常强大的传播性。就如同宋玉在应对楚王诘问时所说的那样:"天下最美丽的佳人都不如楚国女子,楚国佳丽又都比不上我家乡的姑娘,而我家乡最美的那一位,就是住在隔壁的那位少女。"中国诗词的高峰,其实也可以用宋玉的类比:"世界最好的诗词,都来自中国;中国最好的诗词，都出自唐宋。"鲁迅先生也曾说过："中国的诗歌，在唐代就已经被人做完。"从这里我们可以看到，中国诗歌在唐朝其实就已经走到自己的巅峰岁月。仅仅在李唐王朝统治的近三百年时间里，就先后涌现出两千多位为后世留下精美诗句的创作者。这其中，既有李白、杜甫、白居易这样不世出的文坛巨匠，也有"孤篇盖全唐"的张若虚；既有温婉转折的李商隐，也有轻盈洒脱的刘禹锡。一时间，众多诗坛骄子百花齐放，将中国的古诗创作推向了顶峰，也推向了世界。

唐代之后，中国主流文学体裁发生了变化，词的创作逐渐取代诗歌成为最流行的文学体式。在这一时期，苏轼、李清照摇旗呐喊，辛弃疾、范仲淹跃马扬鞭，更有柳永、晏几道等人独当一面，使得大宋文坛星光璀璨、熠熠生辉。期间，不光有李清照"绿肥红瘦"的惜字如金，也有苏东坡"人有悲欢离合，月有阴晴圆缺"的哲理佳句，更有柳永"有三秋桂子，十里荷花"的"惹祸名篇"。可以说，遍观两宋，是中国古代词创作的巅峰时期，此间涌现的文人雅士对于词文化的研究和展示，都是远远超出其他历朝历代的。

当然，诗词创作，除了超乎常人的语言天赋，同时还需要丰富的生活阅历。正如辛弃疾在《丑奴儿·书博山道中壁》中所说的那样："少年不识愁滋味，爱上层楼。爱上层楼。为赋新词强说愁。"假如李白没有经历过出入皇宫的大起大落，他很可能无法写出《将进酒》这样的名篇；假如辛弃疾没有沙场抗金的战争体验，他很可能也得不到"醉里挑灯看剑，梦回吹角连营"这样的千古佳句。艺术总是源于生活，但终究还是要高于生活的。而通过对古代诗歌辞赋的深入解读，我们也能够走进创作者所处的时代，触碰到唐宋两朝起落沉浮的时代音弦。

本书选取了中国古代诗词创作最为繁荣的唐宋两朝作为时代背景，内中收录数十首名家名作，选取不同的视角来阐释、解析当年与这些诗词有关的人或者事。本书共分八章，分别按照不同的诗词体裁，以"乐府诗歌""律诗""山水田园诗""边塞诗""浪漫主义诗歌""现实主义诗歌"，以及"婉约派诗歌"和"豪放派诗词"为不同出发点，选取该类别当中最为经典、传唱程度最为广泛的诗词篇章进行解读。

大江东去，浪淘尽，千古风流人物。千百年前的诗词巨人，都已经离我们远去了，但经由他们笔墨轻点而流传后世的诗情画意，却是永不消弭的。在这里，我们以新颖的视角，多方位还原、展现相关诗词作品的创作历程，文字力求简洁明快，深入浅出，相信能够带给读者美好的阅读体验。

第一章

乐府谱写历史:
秦淮有水水无情,还向金陵漾春色

秦汉时期，乐府诗歌的创作来源主要是民间歌谣和上古传说。到了唐宋时期，大量时代元素被融入到乐府诗的创作当中，由此形成了这一时期赫赫有名的"新乐府"。

可以说，唐宋时期的乐府诗歌，是有着深刻的时代烙印的。从刘希夷的"年年岁岁花相似，岁岁年年人不同"，到温庭筠的"秦淮有水水无情"，这些名篇既洋溢着唐宋两朝与众不同的时代风华，又展示了创作者高超的文学造诣。

不过，就横向对比来说，在"唐推诗，宋推词"的时代背景下，唐宋两朝的乐府体诗歌创作，还是相对较少的，能够流传后世的，也都是中古文学史上的典藏珍品。

赫赫有名的"因诗杀人"是否确有其事?

自古"文人相轻"。研究学术、读诗书的人往往在内心深处都带着一点点轻狂与自恋,这也就容易在与人交往时引发矛盾。历史上,两个彼此看不顺眼的读书人见面不理不睬的有,张嘴就骂的有,甚至一个眼神不合直接打起来的也有。但是无论如何,在封建圣贤文化的训诫下,读书人之间的争斗都是点到即止,而因为一句诗而杀人,同时被杀者还是自己外甥的,恐怕除了宋之问以外,就再找不出第二人了。那么,宋之问是否真的为了一句诗而杀害了自己的外甥呢?

主流的观点是这样的。大约在永隆元年(公元680年),宋之问正在家中吟诗作画。这个时候,外甥刘希夷的登门造访却让他的心绪再也难以平复。原来,刘希夷带来了一首诗想要同舅舅探讨,而这一首诗,就是后来名满天下的《代悲白头翁》。和自己的舅舅有所不同的是,虽然刘希夷的诗名和才华在当时颇受推崇，但他对做官却没有多大兴趣，对于朝廷的委任屡屡推辞。这让宋之问这个做长辈的颇为不满。

然而，当宋之问接过诗作看过之后，马上就折服了：

洛阳城东桃李花，飞来飞去落谁家？
洛阳女儿惜颜色，坐见落花长叹息。
今年花落颜色改，明年花开复谁在？
已见松柏摧为薪，更闻桑田变成海。
古人无复洛城东，今人还对落花风。
年年岁岁花相似，岁岁年年人不同。
寄言全盛红颜子，应怜半死白头翁。
此翁白头真可怜，伊昔红颜美少年。
公子王孙芳树下，清歌妙舞落花前。
光禄池台文锦绣，将军楼阁画神仙。
一朝卧病无相识，三春行乐在谁边？
宛转蛾眉能几时？须臾鹤发乱如丝。
但看古来歌舞地，唯有黄昏鸟雀悲。

尤其是"年年岁岁花相似，岁岁年年人不同"一句，宋之问读来爱不释手，并且将诗稿紧紧攥在手里不肯归还。过了好一会儿，宋之问才慢悠悠地对外甥说："这首诗我看了，写得很好，不过还是有值得切磋的地方。今天天色有点暗了，诗文看得不是很清楚，先在舅舅这里放一放，你先回去，过几天再还给你吧。"

听了这样的话,刘希夷以为是舅舅不愿意留自己吃饭,于是马上起身告辞。然而,一连几天过去了,宋之问却似乎早已经将指点诗文的事情忘在了脑后。不得已,刘希夷只好再一次登门拜访。令人意想不到的是,这一次见面,宋之问似乎热情了许多,不但招呼家人准备了一桌酒席,还狠狠地夸了外甥一番。等到酒过三巡,宋之问看似无心地问了一句:"庭芝,你的学问大有长进,但是光有学问,不会做官也是不行的。舅舅准备把你的诗献上去,帮你博一个前程。"

对于这样的打算,刘希夷自然是嗤之以鼻的,他毫不犹豫地拒绝了这个提议,并且说道:"我和舅舅几乎同榜中举,如果当初有心做官,恐怕如今也不在舅舅之下。"

听了刘希夷的话,宋之问顿时感到脸上无光,但是他没有表露出来,而是继续说道:"这么好的文采,却不愿意好好做官,岂不是浪费了?你要真没这个心思,不如就把这首诗让给舅舅,如何?"

可以想象,刘希夷这样一个连做官都不放在眼里的清流,对宋之问的提议是根本不会理会的,舅甥二人的宴席自然也是不欢而散。然而,对于刘希夷不肯出让诗稿的决定,宋之问却没有死心。几天后,他又让自己的门客去找刘希夷,询问让渡这首《代悲白头翁》的可能性。刘希夷的态度依然非常强硬：研究可以，但是要把自己的诗作让给别人，绝对不行！

一方面，是宋之问对绝佳诗稿的朝思暮想；另一方面，是诗稿作者的决不妥协。一来二去，宋之问也耐不住性子了，因为诗稿本来就是一件流通性的文化产品，一旦事情闹大，或者对方公布了出去，自己就算有再大的能耐也无济于事。再想想平时刘希夷总是一副自视甚高的样子，宋之问终于对自己的外甥动了杀念。不久，宋之问吩咐自己的门客将刘希夷骗到一面土墙下，用装满黄泥的布袋将其砸死。可怜刘希夷年少成名，才华横溢，却在年仅三十岁的时候就惨遭横祸，而下毒手加害他的，竟然还是他的舅舅！在杀害了外甥之后，宋之问马上将那首让自己日思夜想的《代悲白头翁》据为己有，仅仅更改了诗句当中几个他认为"可修改"的字，就公布了。

然而令宋之问想不到的是，他"因诗杀人"这样一件见不得人的事情，被知情者泄漏了出去，并且被史书记录在案，成了令后世不齿的罪行。关于刘希夷的惨死，唐朝人刘肃在其《大唐新语》中稍显含糊地记录了"或云宋之问害之"几个字。而在韦绚编著的《刘宾客嘉话录》当中，这一惨案的经过也就更为丰富了："……其舅宋之问苦爱此两句，恳乞，许而不与。之问怒，以土袋压杀之。"再往后，历朝历代的史书、稗官野史当中，都采信了这一说法，那就是宋之问非常喜欢《代悲白头翁》，为了将诗作据为己有，不惜痛下杀手，害死了自己的外甥。

实际上，对于宋之问是否真的制造过这样一个惨剧，后世研究者也是存有不同意见的。从史料上看，刘肃的《大唐新语》是迄今为止发现最先提到宋之问"杀甥夺诗"的文献，而这本书当中模棱两可的"或云"一词，实际上就是一种猜测之辞。而《大唐新语》从内容上来讲，又带有强烈的小说色彩，其真实性必然要大打折扣。韦绚的著作虽然从前因后果上讲得很明白，但他毕竟是距离当年那出惨案一百年后才出生的人，同样也缺乏绝对的权威性。

更为重要的是，在宋代欧阳修等人合力编著的《新唐书·宋之问传》当中，有这样一段记载值得人深思："甫冠，武后召与杨炯分直习艺馆。"再翻看宋之问自己的文章，"天授元年（公元690年），敕学士杨炯与之问分直于洛城西"，这两篇文献当中的"分直"都是入直习艺馆的意思，而"甫冠"，即刚满二十岁。这些信息基本上就确定了宋之问应该出生在公元670年前后。对比一下刘希夷上元二年（公元675年）中举时"二十五岁"，就应该能推算出，宋之问比自己的外甥是小二十岁的。刘希夷三十岁时死于非命，那么当时一个年仅十岁的孩童，又是如何"谋财害命"的呢？

另外，宋之问如果真的对自己的亲人下了杀手，这种伤害人伦的行为又如何能够逃脱官司且还能安稳做官的呢？尤其是在当时的社会背景下，文人墨客往往都是红透半边天的，他们的一举一动都会引起社会各界的强烈关注，在众目睽睽之下想要杀人夺诗，恐怕不光是礼法不容，就只怕作案条件都是不具备的。更何况，现代能够查阅的资料当中，也没有一星半点关于宋之问被"刑讯下狱"的记载。也就是说，官方根本没有他违法犯纪的史料。

所以，无论是史料记述的权威性，还是按照史书推测出的当事双方年龄，抑或官方遗留的公文，都难以支撑宋之问杀害他人夺取诗稿的恶行。而关于宋之问"因诗杀人"的观点，很可能是以讹传讹的错误刊载，也可能是由于唐人对于宋之问当年谄媚权贵、品行低劣行为过于厌恶而臆想、捕风捉影而来的。

"秦淮有水水无情"仅指的是地方名吗？

在遭逢"安史之乱"的打击之后，曾经的大唐盛世一去不复返。在这期间，文人墨客的笔触也开始变得凝重、郁结。这一点上，年少成名的诗作大家温庭筠也不能例外，他当时的"秦淮有水水无情，还向金陵漾春色"，被后世奉为经典，世代传诵。然而，"秦淮有水水无情"，真的仅仅讲述的是秦淮一方的风水人情吗？又或者，在这样一句充满感慨和无奈的诗句当中，暗藏着什么样的历史背景呢？

从出身来说，温庭筠祖上也算名门望族，他的祖辈温彦博曾经在太宗皇帝御前担任宰相。到了温庭筠这一辈，温家家道中衰，早已没有了盛世宰辅的气派，甚至历次科考，温庭筠也是屡试不第。才华横溢的温庭筠自然非常苦闷。从个人角度而言，温庭筠非常希望迈入政坛，施展平生抱负。而在当时，温庭筠的才学也是得到广泛认同的。然而，就是这样一个才华横溢的名门之后，一直到年近半百才得了县尉这样一个小官，实在不得不令人慨叹造化弄人。

青年时期，温庭筠曾与当朝宰相令狐绹关系要好。当时的宣宗皇帝喜欢词曲，尤其爱好《菩萨蛮》。因为令狐绹在这一方面并不擅长，于是温庭筠就成了他的"御用文人"，写了很多精美佳句，其中一部分以令狐绹的名义呈给皇上。

堂堂一国宰相，居然在写文章的时候需要借助他人之手，如果传出去，影响是非常糟糕的。更何况，令狐绹送出的文章，是献给当朝天子的，稍有不慎，还会被定为"欺君之罪"。这样一来，后果会更加严重。所以，对于温庭筠代笔，令狐绹是希望严格保密的。可温庭筠对于这样一件事情，却没有做到守口如瓶，在一次与朋友的聊天当中，他将自己帮助当朝宰相代写诗词的事情说了出去，结果一传十、十传百，很快闹得满城风雨。宣宗皇帝出于对令狐绹的信任和宠爱，睁一只眼闭一只眼就过去了，但是民间言论却让令狐绹如芒刺在背。

假如说"相府泄密"只是温庭筠一时口无遮拦说错了话，那么，他与令狐绹之间的另一矛盾就只能说他是孤傲太甚了。宣宗皇帝喜欢吟诗作对，一次科考揭榜之后，唐宣宗令人从考中的举子中选择一些有声望的人随同侍驾，温庭筠也位列其中。出行期间，宣宗即兴出了几个对子让随行的大臣和才子们作对，其中有一则对子当中含有"金步摇"三字，这让在场的才子高官们都犯了难。这时，温庭筠呵呵一笑，呈上"玉条脱"三字，完美解对。宣宗皇帝因此非常欣赏温庭筠，他先是稍稍打问了一番温庭筠的祖上和履历，随后便示意内臣记录备案，打算近期给温庭筠安排一个职位。

然而天子的赏识并没有将温庭筠推向他梦寐以求的官场，就在皇帝下令朝臣拟定温庭筠去哪里任职时，令狐绹的呈奏让这一切都化为泡影。

令狐绹说道："温庭筠这个人，才学是有的，但常常不约束自己，做不了官员的表率。"简单几句话，就让宣宗皇帝打消了重用温庭筠的念头。原来，当时随宣宗出行的人也包括令狐绹，他不清楚"玉条脱"的出处，于是回家后就向温庭筠请教，结果温庭筠当场就给了这位当朝宰相一个难堪："回禀相国大人，这句话出自《南华经》。《南华经》并非生冷典籍，大人公务之余，还应该多读书啊！"

听到和自己儿子同龄的一个晚辈如此跟自己讲话，令狐绹的心情可想而知。他在皇帝面前故意指出温庭筠的缺点，也就顺理成章了。

这两件事情之后，温庭筠和令狐绹的关系开始疏远。失去了当朝宰相的赏识，温庭筠的个人仕途和经济来源都受到了极大影响。终其一生，温庭筠只是在自己人生的晚年才得到了几个聊胜于无的闲差，最后郁郁而终。

就个人才华来说，温庭筠可以称得上是晚唐时期的一面旗帜。他年少成名，不但诗写得好，填词谱曲也是信手拈来。兴致来了，他还会自己吹拉弹唱表现一下器乐方面的天赋。《旧唐书》中说他虽不修边幅，却会击鼓吹笛，写诗填词。更有人说，温庭筠写的词曲，大都香艳旖旎，在一些勾栏瓦舍里很受欢迎。然而就是这样一个落魄不羁的风流才子，却在仕途上屡屡碰壁，他心中的失望和怨恨自是显而易见的。

所以说，"秦淮有水水无情"，并非单纯书写一条河流的"无情"或"有情"，这实际上是一种情感的抒发和宣泄。温庭筠的政治抱负没能完全实现，他的人生经历也异常坎坷。青年时代的温庭筠过于狂傲放浪，不懂得约束自己，在当时的社会背景下，这自然会遭受当权者的排挤和嫉妒，以至于才华得不到施展，处处碰壁。而"秦淮有水水无情"，或许就是他年长之后对此的一种无奈和慨叹吧！

"顾惟孱弱者,正直当不亏"表现了诗人怎样的思想境界?

历史上,有许多正直的诗人。他们在文学上,博学多才,满腹经纶;在政治上,忧国忧民,心系天下;在做人上,正直不阿,品德高尚。其中,就有这样一位诗人,他深受"诗圣"杜甫的赏识。在读了他的诗作后,杜甫十分欣赏,感慨万千,随即写下了《同元使君舂陵行》。诗中云:"观乎《舂陵》作,欻见俊哲情,道州忧黎庶,词气浩纵横。两章对秋月,一字偕华星。"

诗句中的"两章"分别指的是《舂陵行》和《贼退示官吏》。"两章对秋月,一字偕华星",这是非常高的评价。得到杜甫肯定的人叫元结,他与杜甫一样,同是唐代的著名诗人。《舂陵行》一诗蕴含哲理,情感丰富,充满浩然之气。全诗为:

军国多所需,切责在有司。有司临郡县,刑法竞欲施。供给岂不忧,征敛又可悲。州小经乱亡,遗人实困疲。大乡无十家,大族命单羸。朝餐是草根,暮食仍木皮。出言气欲绝,意速行步迟。追呼尚不忍,况乃鞭扑之!郭亭传急符,来往迹相追。更无宽大恩,但有迫促期。欲令鬻儿女,言发恐乱随。悉使索其家,而又无生资。听彼道路言,怨伤谁复知!去冬山贼来,杀夺几无遗。所愿见王官,抚养以惠慈。奈何重驱逐,不使存活为!安人天子命,符节我所持。州县忽乱亡,得罪复是谁。逋缓违诏令,蒙责固其宜。前贤重守分,恶以祸福移。亦云贵守官,不爱能适时。顾惟孱弱者,正直当不亏。何人采国风,吾欲献此辞。

公元 763 年,国家因为战事不断,军需匮乏,于是向百姓征收赋税。朝廷特地派遣专门的官员去地方上征收,元结就是其中之一。到达地方后,很多官员为了完成任务,不顾人民死活,竞相严刑征敛。可是,眼下兵荒马乱,百姓流离失所,哪里还能承受这样的横征暴敛?元结等有良知的官员看到此情此景,十分悲伤。道州的面积本来就小,又经过强盗的屠杀洗劫,人口更加稀少。元结来此地上任,看到一个较大的乡里,人口竟然不到十户。一些以前较大的家族,现在也已经人丁凋零,破败不堪。

最让元结震惊的是,老百姓根本没有粮食吃。他们早上吃树根，晚上嚼树皮，饿得没有力气说话；走路步履蹒跚，晃晃悠悠，根本不能快走。看到老百姓的凄惨状况，元结连上去询问一下都不忍心，怎么还可能像有些官员那样鞭打他们来征敛呢？而这时，朝廷催逼征税的文书不断，督促敛财的人员也很频繁。他们丝毫不顾老百姓的死活，只是一再地逼元结严格征税，按期完成朝廷委派的任务。百姓的艰辛没有人能够理解，他们只能在心里发声："去年的冬天，'西原蛮'发动暴动，占领道州，烧杀抢掠，无恶不作。道州的百姓被杀得所剩无几，财物也被扫掠一空。我们本希望朝廷能施恩安抚，却没想到朝廷不仅不安抚民心，还变本加厉，派遣官员来横征暴敛。这样我们如何能活下去呀？"朝廷派官员到地方任职，本应该是安抚百姓，造福一方，官员来了，却要横征暴敛，这样一来，人民因不堪重负，发动暴乱，这又是谁的错呢？元结想做到忠义两全。他认为，完成朝廷的任命，这是臣子应该做的，这是忠。但为了安抚百姓，让他们缓交赋税却是大义。为了人民的大义，他要做不违背良心的事。所以，元结不仅没有急着征税，还为民众们修建房屋，减免徭役。

看到百姓的疾苦，元结没有像其他官员那样冷漠无情，也没有为了个人利益丧失良知、脱离本心。他要做一个正直公允、无愧于人民的好官。因此，在道州的青天白日之下，他毅然写下《舂陵行》,为民请命。

《舂陵行》字字如珍,句句肺腑,饱含了元结对百姓疾苦的关心,就连杜甫也对其赞赏有加。这不仅是因为元结诗写得好,还因为他本人的品格深深打动了杜甫,正如他诗中那句:"顾惟孱弱者,正直当不亏。"

"滟滟随波千万里,何处春江无月明"表达了作者怎样的情怀?

"滟滟随波千万里,何处春江无月明"出自张若虚的乐府诗《春江花月夜》。意思是说,月光照耀着春江,随着波浪闪耀千万里,所有地方的春江都荡漾着明亮的月光。此诗体现了作者对月圆人寿的强烈向往。

读过《春江花月夜》和听过这首曲子的人,都会被诗曲中所描写的美好景象打动。张若虚是初唐时期的一个传奇人物。他的诗作长期湮没无闻,他的存在,只给后人留下一个模糊而又孤寂的背影。迄今为止,人们只发现了他写的两首诗。一首是《春江花月夜》,另一首是《代答闺梦还》。其中,《春江花月夜》以"孤篇压倒全唐"的美誉,彰显了张若虚在唐文学史上的地位。而《春江花月夜》的曲子也位列中国古代十大名曲之一。诗曲融合,使人宛若回到了气象万千的大唐盛世。

那么,这篇集离愁别恨、相思柔情于一体的《春江花月夜》是怎么写出来的呢?

传说这其实是张若虚在写自己的情感经历,所以内容才会如此声情并茂。据说,张若虚毕生最喜欢的女子是唐朝太平公主和武攸暨所生的女儿武艳。当时张若虚已经四五十岁了,是武艳和她的妹妹武丽的诗文教师。正值豆蔻年华的武艳为张若虚学识丰富、风采俊逸、充满灵气的文人气质所吸引,逐渐对他产生了爱慕之情。张若虚自然对正处于芳龄之年,美丽聪慧的武艳也充满了好感。但一个是当朝最有权势的太平公主的女儿,另一个只不过是个穷酸教书匠,年龄上还相差了几十岁,所以他们不可能走到一起。晚年的太平公主变成了一个风流成性的女人,她看上了当时长安城的美男子崔涤,多次传崔涤来公主府做客,但都遭到婉拒。于是,她就决定将女儿武艳许配给他——这样她就能见到崔涤了。于是,她便对女儿说:"艳儿,你知道崔涤这个人吗?对他印象怎么样啊?"武艳回答:"见过一面,说不上来印象怎么样。"太平公主说:"他可是长安城有名的美男子,比你大一岁,还是个才子呢!我想把你许配给他。"武艳听后大惊失色,说:"我还不想嫁人,把妹妹武丽嫁给他吧!"太平公主不高兴地说:"哪有妹妹比姐姐先嫁人的?"太平公主心想崔涤如此貌美，女儿怎么会看不上他呢？莫非另有隐情？于是她说道："今天不说这事了，带我去你的书院看看吧。"两人便朝书院走去。来到书院，张若虚出门相迎，太平公主便问他一些诗文知识，张若虚侃侃而谈，太平公主觉得张若虚此人不凡，就问女儿的读书情况，张若虚对武艳和武丽俱是褒奖有加，称赞她俩天资聪慧、超凡脱俗。但太平公主却从话里听出他言语间似乎更欣赏武艳，也好像感觉到了他和武艳的情感，于是在言语中流露出要辞退张若虚的意思。

太平公主离开后，武艳直接向张若虚表白心意，但张若虚却拿出一卷诗送给武艳说："你是公主的女儿，而我只不过是一介穷书生，我们是不可能在一起的。你母亲今天已经决意撵我走了，这是我为你写的《春江花月夜》，算是临别赠诗吧！"武艳眼含热泪地说道："先生教过我们安贫乐道，我不求富贵，只要有个小院，几间茅屋就够了。"但张若虚还是拒绝了她："你我年龄差距太大，终究是不能终老的。"武艳拿着诗文含泪而去。两个月后，武艳嫁给了崔涤，而张若虚也回到了扬州老家。后来，斯人已逝，有关他们故事的诗文和曲子却悄悄留存了下来。

千年的时光转瞬即逝，张若虚和他的旷世之作《春江花月夜》也被淹没在了历史的尘埃里，所以唐、宋很少有诗评关注这首乐府诗。到了明朝，文人李攀龙无意中发现了这首佳作，便把它传扬了出去，一时间深得文人墨客的喜爱。近代，人们对此诗的评价极高。闻一多先生在《唐诗杂论》中认为，此诗一脱宫廷空洞艳体的诗风，宽容进取，为盛唐雄奇壮美诗风的到来，起到了重要的引领作用，是"诗中的诗，顶峰上的顶峰"。

"吁嗟逢橡媪"体现了怎样的一种苛政？

"吁嗟逢橡媪"出自皮日休的《橡媪叹》。此诗通过对一个老农妇因辛勤生产的粮米被官府搜刮殆尽，只好靠捡橡子填饱肚子的悲惨遭遇的描写，揭露了统治阶级的恶劣行径，寄托了作者对下层劳苦大众的深切同情。

唐朝末年，社会动乱不堪，官府更是不顾老百姓的死活大量增加税收。在这样的情况下，作者写出了这首诗，发出了"吁嗟逢橡媪"的哀叹！

皮日休处在晚唐文坛已经颓废不堪的时代，兼修道学和儒学，和陆龟蒙合称"皮陆"。他的诗、散文、辞赋写得不错，二十多岁时就已经很出名。但是他的仕途却一直都不顺。他去京城考进士，尽管文章写得很好，但是由于性格耿直，不喜欢对达官贵人阿谀奉承，所以落第之后他便离开京城回到家乡编文著书。

后来，皮日休又去考进士，主考官礼部侍郎郑愚看过他的诗文，对他的文风欣赏有加，还没发榜，就把他请到府衙见面。郑愚认为皮日休文采如此之好，人应该长得也不错。可一见之下，心里很是失望——皮日休的左眼角往下耷拉，猛然一看，就像仅有一只眼睛。郑愚看不上这种长相，就半开玩笑地对皮日休说："你才学很好，可谓才高八斗，学富五车，但你仅有一只眼睛，那真是有点太可惜了！"皮日休本来对自己的长相没放在心上，但听了主考官的话还是很反感，于是连想都没想便反唇相讥："侍郎大人此话差矣，可千万不能因为我只有一只眼睛，使您这原本长有两只眼睛的人丧失了眼力见啊！"这话让主考官郑愚很不爽，于是把皮日休的进士排名调到了最后一名。这样，尽管皮日休考中了进士，但因为名次排得太低，朝廷给他安排的是最小、最卑微的官职。这使得皮日休郁郁寡欢，整日借酒消愁。

后来，皮日休开始洞察社会民生，看到了很多腐败不堪的事情——朝廷和官吏们对百姓极尽搜刮，使百姓吃不上饭。老百姓承受不了这种剥削起来反抗，于是发生了唐末农民起义。皮日休看到了太多像橡媪一样的百姓的惨状，毅然投奔了农民起义军。

唐僖宗广明元年（公元880年）十二月，起义军攻下了长安，黄巢称帝，皮日休被任命为翰林学士。黄巢比较赏识皮日休的文章，就命令他写作用来宣扬黄巢是上天授意称帝的谶词。皮日休按照黄巢的名字写了一首五言古诗："欲知圣人姓，田八二十一。欲知圣人名，果头三屈律。"黄巢看了这首诗很不高兴，因为黄巢长得也比较丑，他觉得皮日休的诗是有意讽刺其长相丑陋。黄巢没给皮日休解释的机会，当即就让人把他给推出去杀了。

从历史上看，不止是皮日休所在的唐末，苛政在很多朝代都出现过，而且都给老百姓带来了巨大灾难，导致老百姓不得不起来反抗，推翻暴政。这是改朝换代无法逃避的问题。秦朝末年，秦始皇修建万里长城和皇陵，不知死了多少民夫，这才有了陈胜、吴广起义推翻秦朝建立了汉朝；汉武帝在位期间穷兵黩武，规定三到十四岁的孩子每年也要缴纳人头税，而老百姓交不起税，有的不惜杀死自己的孩子，这使得百姓的生活从"文景之治"时的富足变得赤贫，为西汉的灭亡留下了隐患；而接下来的明清两朝也是这样灭亡的。所以，"苛政猛于虎"的说法一点也不为过。

第二章

律诗明心言志：春蚕到死丝方尽，蜡炬成灰泪始干

律诗是中华文学史上诗歌体裁的重要承载，它的平仄押韵像是五线谱上最美的音符在跳跃闪动。它以体物精微、起承转合、章法井然的文风自居，是中华文化传承的瑰宝。它用最简洁的文字表达着最丰富的感情，它用生命万物的本真炼化着其中无穷的智慧，它用最精练的语言追求着最美的韵律和雅致的意境，它敢于刻画各种不可言传的状态和微妙的变化，它以想象的方式赋予诗歌多彩的生命，它敢于突破世俗达到和谐安宁的意境，它敢于叩问历史和现实通达古今。

律诗以它的严谨在浪漫、沉郁、清新、自然、悲壮、豪迈、轻柔、质朴、哀伤、婉约和飘逸中演绎着诗的生命。它有"身无彩凤双飞翼，心有灵犀一点通"的缠绵；有"苦恨年年压金线，为他人作嫁衣裳"的悲叹；更有"春蚕到死丝方尽，蜡炬成灰泪始干"的深情……

"蜡炬成灰泪始干"隐藏着诗人怎样的情感经历?

"蜡炬成灰泪始干"出自晚唐诗人李商隐的七言律诗《无题·相见时难别亦难》。全诗如下:

相见时难别亦难,东风无力百花残。

春蚕到死丝方尽,蜡炬成灰泪始干。

晓镜但愁云鬓改,夜吟应觉月光寒。

蓬山此去无多路,青鸟殷勤为探看。

李商隐的《无题》诗是一组爱情诗,他无意将所要表达的主题表现在题目中,意境优美但是意思比较隐晦,颇让后人猜测。这首《无题·相见时难别亦难》以女性的口吻写爱情,表达了与爱人分别时的忧愁和哀伤,对对方至死不渝的爱恋和深深的思念……它并非言志诗,而是一首单纯的爱情咏叹调,缠绵悱恻,荡气回肠。

这样深情款款的诗句来源于李商隐的爱情生活经历。我们通过李商隐的《无题》之外的其他一些诗中的描述进行推测可知，李商隐曾经和多位女子相识相恋。

比如柳枝，她出现在李商隐的《柳枝五首》中。这首诗有一个长长的序言，写柳枝是一个洛阳富商的女儿，聪明活泼，落落大方，因爱慕李商隐的诗才，主动提出和他约会，但李商隐忙于其他事情没有赴约。后来柳枝嫁给权势高官。另外，后人根据李商隐的名作《锦瑟》猜测，"锦瑟"作为令狐楚家的一位侍女，在李商隐于令狐家读书受学期间，曾与他有过感情纠葛。还有，李商隐的诗中常以荷花为题，据民间传说是因为他与王氏结婚前，曾经和一个小名叫"荷花"的女子相恋。

王氏是李商隐明媒正娶的妻子，可惜早亡。从李商隐写下的《房中曲》等悼亡诗篇中可以看出，李商隐与王氏之间的情感是很真挚的。比如其中的一首，《悼伤后赴东蜀辟至散关遇雪》："剑外从军远，无家与寄衣。散关三尺雪，回梦旧鸳机。"还有人认为，李商隐应该还有一位初婚妻子，因为从李商隐《祭小侄女寄寄文》中"况吾别娶已来，胤绪未立"一句推断，王氏为李商隐的再婚妻子。只是还没有其他确实的证据证明此观点。

在李商隐的情感经历中，证据最多的还是他和宋华阳的爱情故事。比如,其诗作《月夜重寄宋华阳姊妹》《赠华阳宋真人兼寄清都刘先生》。还有《无题·昨夜星辰昨夜风》中:"昨夜星辰昨夜风,画楼西畔桂堂东。身无彩凤双飞翼,心有灵犀一点通。"里面都有宋华阳的影子。从这些诗中可以看出,李商隐和宋华阳的恋情是李商隐最刻骨铭心的一段感情。关于他们的这段爱情佳话,还得从头说起。

唐朝时候,李姓皇室牵强附会地说自己是太上老君李耳的后裔,并崇尚道教,信奉道术。皇族宗室子弟也常被派去修道。

李商隐也追赶潮流跑去玉阳山修道,他刻苦钻研道家经典,以至于后来他情诗里的许多用典都源于《道藏》。世事无常,祸福相倚,天资聪颖的他虽沉迷于道教典籍,但正值青春年华,情窦初开,难免堕入情网。

有一天,李商隐在回玉阳山的路上偶遇一个年轻貌美的女子。他对该女子一见倾心,不能自拔。此女子侍奉在一皇室华盖辇车旁边,容貌如花,身姿袅娜,冲李商隐微微一笑,然后随宫车飘然而去。李商隐当即呆了——这不就是自己一心向往的梦中人吗?

后来通过观中道士李商隐才知道,这个女子名叫宋华阳,侍奉公主入山修道,住在玉阳山西峰的灵都观里。于是李商隐经常寻找机会和宋华阳相遇。

宋华阳不仅貌美，而且才华出众，她和李商隐常有诗词唱和往来。他们情投意合，两心相许，两情相悦，感情发展迅速，很快有了床笫之欢。并且一发不可收拾，常于夜晚在灵都观里偷情。纸里包不住火，后来二人私情败露，引来众人非议。李商隐的双亲更是怒不可遏，命其回家。可是，他们都不忍心离开对方，想方设法和众人周旋，最终达到在一起的目的。

一日将要破晓之时，他们又不得不分离了。他们窗下相对而坐，想到这终究是一段没有结果的感情，不禁神情黯然，拊掌轻叹。推窗见繁星已没，才知良时将逝，不免怅然若失。窗外皓月冰轮，是否可以见证这段痴情妄恋？宋华阳依偎在李商隐的怀里，泪下如雨，感慨为什么每次分别都像是永别，下次相会又将是在何时？李商隐也只能忧伤地感叹："若是晓珠明又定，一生长对水晶盘。"

后来宋华阳怀孕了，事情变得难以收场，幸好有观中道士为他们说情，死罪免去，活罪难饶，李商隐被驱逐出观，宋华阳则被遣返回宫。他们的这一别竟成永别。

李商隐在晚年时曾设法和宋华阳相会，但是没有成功。

按当时的道教清规和宫廷礼教，李商隐和宋华阳的感情是不被允许的，虽然当时常有公子王孙以学道为名偷欢，但俗话说，"只许州官放火，不许百姓点灯"，这常让李商隐有人世不平之感慨。所以，他们只能私下里偷偷相会。相会时又是如胶似漆，难分难舍。所以诗人感慨"相见时难别亦难"。爱火被压抑之后却分外炙热。每每夜晚相会，他们如飞蛾扑火一样燃烧自己，而在分离时，又神情黯然。偷食禁果往往有难言的美妙，但在短暂的欢娱之后，却是极端的落寞——"东风无力百花残"。感情愈深厚之时，思念愈绵延不绝——"春蚕到死丝方尽，蜡炬成灰泪始干。"这一段感情经历让李商隐刻骨铭心，只好用《无题》诗中的隐秘之语，来表达对宋华阳的至死不渝的思念之情。

"但使龙城飞将在"中的"飞将"指的是谁?

"但使龙城飞将在"出自唐代诗人王昌龄的七言绝句《出塞》。全诗如下:

秦时明月汉时关,万里长征人未还。

但使龙城飞将在,不教胡马度阴山。

这是一首著名的边塞诗,被称为唐人七绝的压卷之作,表现了诗人希望起任良将,早日平息边塞战事,使人民过上安定幸福生活的心境。

怎样才能让人民免受被侵的困苦呢?诗人寄希望于才干超群的将军。"但使龙城飞将在,不教胡马度阴山。"其意思是说,如果攻下龙城的卫青和飞将军李广如今健在,他们是绝不会让胡人的骑兵越过阴山的。"龙城"指奇袭匈奴圣地龙城的名将卫青,而"飞将"则指威名赫赫的飞将军李广。

李广是西汉著名的军事将领,据《史记·李将军列传》

记载,他是秦朝将军李信的后代。李广接受世传弓法,擅长骑射,射术天下第一,并且骁勇善战,威名远扬,被称为"飞将军"。

关于李广被赞誉为"飞将军",有许多故事可讲,其中一则故事是这样的。

有一次,汉文帝派宦官带领一部分人马前往李广部队观战,遭到匈奴兵的攻击,李广带了一百多名骑兵去追赶匈奴兵,却只看到三个匈奴射手,追了数十里远才追上。李广射死了其中的两个,活捉了第三个,准备回营时,远处却有数千名匈奴骑兵围了上来。

眼看寡不敌众,李广手下的士兵们都慌了。李广思忖了一下对他们说:"咱们距离大营还有几十里路,很容易被匈奴兵追上。如果我们停下来,匈奴兵就会认为我们是诱兵,这样他们一定不敢来攻击我们。"

于是李广下令前进到离匈奴部队约两里路的地方停住,并命令士兵下马卸鞍,就地休息。士兵们都很着急,怕匈奴大部队追上来自己跑不掉。

李广则安慰他们说:"我们这样做是为了让敌人相信我们是诱兵。"

匈奴的将领远远看到李广的小部队,心存疑惑,不敢追上来。

这时候，有个骑白马的匈奴将军出来巡视队伍。李广立即带领骑兵，飞驰过去，一箭射死了他。然后李广回到原地，竟躺在地上舒舒服服地睡着了。

天黑之后，匈奴兵越来越怀疑汉军有埋伏，怕受到袭击，连夜返回了自己的营地。等天亮了，李广看到山上已没有匈奴兵，这才带领一百多名骑兵平安回到了汉营。

李广戍守北方边境几十年。因为行动迅速，箭法精湛，匈奴人称他为"飞将军"。而在李广做了右北平太守之后，匈奴人因害怕"飞将军"，一直不敢进犯。

李广的一生，大部分时间都投入到了抗击匈奴的事业上。他身经大小七十几次与匈奴的战斗，勇猛善战，是匈奴贵族心中可怕的强敌。

李广一直深受边关军民的拥戴。他治军宽缓不苛，能够与士兵同甘共苦，在历代边疆将士心中都有着崇高的威望，被认为"才气天下无双"。"飞将军"的称号，他当之无愧。

所以，《出塞》中的"飞将"是指李广。而《出塞》的作者王昌龄和李广一样拥有抗击匈奴的经历。王昌龄出身农耕，约二十岁时曾因好奇前去学道。后来为了远大志向来到长安，没有什么发展，愤而西出长安，投笔从戎，远征边塞。

王昌龄当时所处的开元年间，正值唐朝的鼎盛时期。盛世给了王昌龄坚定的信心和力量，也使他愿意为维持和平盛世局面付出心力。当他赴河陇,出玉门,到达西北边塞,亲身参与了边疆将士和匈奴惨烈的战争,看到因当时一些边塞将领军事才能缺乏,虽战争中屡屡取胜,但是唐朝士兵也伤亡惨重的局面时,他禁不住高声咏叹:"但使龙城飞将在,不教胡马度阴山。"他希望有"龙城飞将"出现,平息胡乱,安定边防,让人们过上和平安宁的生活。

"冯唐易老,李广难封"背后隐含着怎样的故事?

"冯唐易老,李广难封"出自王勃的《秋日登洪府滕王阁饯别序》:"嗟乎!时运不齐,命途多舛;冯唐易老,李广难封。"

"冯唐易老,李广难封"是指《史记》中记载的两个典故。"冯唐易老"的典故出自《史记·冯唐列传》。

冯唐是西汉代郡人,因为思维敏捷、尊崇孝道而被举荐当了郎官。郎官是汉代的低级官吏,也就是皇宫侍卫,侍奉皇帝,年轻人从事此职的较多。可当时的冯唐已经不年轻了。有一次,汉文帝经过冯唐所在的郎署时偶然看见了冯唐,感到好奇,于是把他叫过来问道:"老人家怎么还在做郎官?是哪里人氏?"冯唐一一作答。听到冯唐是代郡人,曾做过代王的汉文帝,想起他在代郡时的尚食监高祛多次和他谈起过的赵将李齐在巨鹿城下英勇作战的情形，于是问冯唐是否知道李齐，冯唐却表示对李齐不屑一顾，说："他实在是比不上廉颇、李牧的指挥才能呀！"

冯唐这样说是有根据的。冯唐的祖父在赵国时，也在军中任职，并且和李牧有一定的交情；冯唐的父亲以前做过代相，和赵将李齐交往甚密。所以冯唐很了解他们的为人。

当时匈奴又来入侵汉朝，汉文帝急需征召能够抵御匈奴的真正有军事才能的大将，所以他听完冯唐的话很是高兴，激动地说："如果我能得到像廉颇、李牧这样的人来抗击匈奴，就可以放心了。"没想到冯唐却说："我觉得陛下即使得到廉颇、李牧，也不会任用他们。"作为一国之君，汉文帝受到如此顶撞，很是恼火，回到宫中后又召见冯唐。他对冯唐说："有话为什么不私下和我说，让我在众人面前丢丑？"冯唐急忙跪地认罪说："小人生性耿直，不懂得禁忌。"还好汉文帝并不是暴君，只是问："你怎么知道我不能任用廉颇、李牧呢？"

其实，冯唐冒生命危险顶撞汉文帝是有目的的——他是为了救驻守边地的大将军魏尚。冯唐对汉文帝说："古往今来大都是将在外，君命有所不受，军队中因功封爵奖赏的事，都由将军在外决定，可以回来之后再奏报朝廷。李牧在边疆领兵时，所得税金大多用来犒赏将士，所以李牧可以屡立战功,北驱单于,攻破东胡,剿灭澹林,西抑强秦,南援韩魏,才使得赵国称霸一时。可是后来赵王迁即位,听信谗言,杀了李牧,让颜聚取代他,导致兵败赵亡。"

看到汉文帝对他的话点头表示赞许,冯唐继续说:"魏尚作为云中郡郡守,也和李牧一样把边地的税金用来犒赏众将士,还用个人的钱财,经常杀牛来宴请军吏,得到众人拥戴,常战常胜,使匈奴不能靠近他们驻守的边关要塞。可是有一次,匈奴入侵,魏尚率领军队迎战,杀死了很多敌兵。士兵们大多来自村野,不懂朝廷的禁令律例,只知道杀敌捕俘,到幕府请功。此次战役错报了杀敌人数(多报了六人),您就要削去魏尚的爵位,并判处一年的刑期。由此来看,陛下即使得到廉颇、李牧,也是不能重用的。"

文帝听了冯唐的话恍然大悟,当天就让冯唐出使去赦免魏尚,重新让魏尚任职云中郡郡守,并任命冯唐为车骑都尉,掌管中尉和各郡国的车战之士。

后来汉景帝即位,任命冯唐为楚国的宰相,但是因其生性太过耿直,不容于官场,不久便被免职了。等到汉武帝即位的时候,征召贤良辅国,大家推荐冯唐。可是冯唐已九十多岁,不能再做官了。

冯唐是一个耿直的人,只有宽容大度的国君才能认识到他的价值,可是这样的国君毕竟是少数,所以冯唐也只能是郁郁不得志。

"李广难封"的典故出自《史记·李将军列传》。

李广比冯唐有名气，是西汉时期抵抗匈奴的著名将领。他身材高大，臂长善射，智勇双全，让匈奴闻风丧胆。他终生驰骋疆场，与匈奴作战七十多次，有效地抵御了匈奴的入侵。

李广虽然很有军事才能，却始终没能封侯，而才能人品远在其下的表弟李蔡，却被封为列侯，位至三公；同样戍守边疆，资历远不如他的卫青、霍去病被加官晋爵，委以重任，可李广却总是被冷落。因此，"李广难封"被用以慨叹功高不爵，命运多舛。

"漫卷诗书喜欲狂"是因为作者取得了功名吗?

"漫卷诗书喜欲狂"出自杜甫七律《闻官军收河南河北》。全诗如下:

剑外忽传收蓟北,初闻涕泪满衣裳。

却看妻子愁何在,漫卷诗书喜欲狂。

白日放歌须纵酒,青春作伴好还乡。

即从巴峡穿巫峡,便下襄阳向洛阳。

杜甫是现实主义诗人,生逢"安史之乱",一生颠沛流离,历尽磨难,所以他的诗风沉郁顿挫。可是在这首诗中,诗人却一反常态,喜情喷发,一泻千里,写得清新明快。清人浦起龙评价此诗说:"八句诗,其疾如风……于情理妙在逼真,于文势妙在反振……生平第一首快诗也。"这难道是因为诗人取得了什么了不得的功名吗?当然不是。"剑外忽传收蓟北",原来是因为忽然听说官军收复了蓟北,杜甫欣喜若狂,不能自抑。可以说，杜甫忧国忧民的爱国主义精神在"漫卷诗书喜欲狂"中表现得淋漓尽致。

蓟北，当时包括河南、河北和山东一带，是唐代"安史之乱"时叛军的根据地。写作这首诗时杜甫正流落在梓州。"安史之乱"让广大百姓流离失所，饱受苦难，杜甫也不例外。这一年杜甫已经漂泊在剑门之外五年多了，无时无刻不盼望着战乱平息，返回故乡。在这样的境遇下，突然捷报传来，他不由得喜极而泣，不能自抑。

"安史之乱"是由安禄山与史思明发动的同唐朝统治者争夺统治权的内战，是唐由盛而衰的转折点，彻底改变了唐朝"贞观之治""开元盛世"时国富民强的局面。

唐玄宗时，由于政治措施不当，致使藩镇崛起，各地节度使雄踞一方，尾大不掉，从而使唐皇室忧患重重，军事力量外重内轻，地方拥有了威胁中央的能力。由于国家承平日久，唐玄宗更是耽于享乐，宠幸杨贵妃，生活奢靡腐败，奸臣当道，排斥忠良，杜绝言路。这些都让安禄山有机可乘。于是在唐玄宗天宝十四年十一月初九（公元755年12月16日），安禄山以奉密诏讨伐杨国忠为借口在河北范阳起兵，"安史之乱"爆发。当时，民疏于战，兵器长期闲置，所以河北州县的当地县令或逃或降，不战而败。叛军在短时间内就占领了河北、河南的大部分地区。

唐玄宗得知安禄山反叛的消息后怒不可遏，立即布置军力迎战。可惜所派将领都是无能之辈，或被杀，或降敌，溃不成军。天宝十五年正月初一，安禄山在洛阳称帝，改元圣武。

在洛阳失守后，唐玄宗听信谗言，杀大将封常清、高仙芝，起用病废在家的陇右节度使哥舒翰为兵马副元帅，让他带兵二十万，在潼关防守。

哥舒翰进驻潼关后，通过观察发现潼关地形很是险要，于是立即命令将士们加固城防，深沟高垒，利用其易守难攻的特点，闭关固守以待敌军。安禄山到达潼关后，于天宝十五年正月命其子安庆绪率兵进攻唐军，被哥舒翰打得溃不成军。叛军主力被有效阻挡在潼关数月，不能大举侵入长安。

此时，长安依旧是歌舞升平，唐玄宗整日与杨贵妃寻欢作乐，疏于筹备战事。手下群臣也只知贪污腐化、歌功颂德，并且轻敌妄进、愚弱不堪。五月初，唐玄宗忽然收到一封战报，说叛将崔乾佑在陕郡"兵不满四千，皆羸弱无备"。原来安禄山上次强攻吃了败仗，便隐藏精锐部队，只是让崔乾佑率老弱病残的兵士驻守陕郡（今河南三门峡市西），想以此诱使哥舒翰出潼关弃险作战。唐玄宗已不似年轻时那样英明果断，不能明察秋毫，于是火速派使节去催哥舒翰出兵攻打叛军，以尽快收复陕洛。哥舒翰虽然身体病弱，但是脑袋还好使，他立即上书唐玄宗，认为安禄山既然敢出兵，一定是做足了准备,兵精粮足,而他们示弱是用兵之计,不如趁他们远途跋涉、精力疲乏之时进攻他们,这样肯定会大获全胜。唐朝名将郭子仪、李光弼也认为潼关只宜坚守,不可轻易出击,并且出主意让朔方的军队利用有利地势攻取范阳,直捣叛军巢穴,这样叛军内部定会大乱而溃。但唐玄宗听信了杨国忠的谗言,不断派信使催哥舒翰出战。无奈,哥舒翰只好整顿军士粮草,被迫领兵出了潼关险隘,果然被叛军伏击,死伤惨重。唐军派出的将近20万军队,保住性命逃回潼关的只有7000余人。

随后,潼关被崔乾佑占领。唐玄宗听信谗言,没有好好分析形势,拒绝采纳忠臣良言,结果大败,使平叛战争越来越处于不利形势,而连连战祸则使军民百姓数年过不上安宁的生活。

接下来是长安失陷,君储逃亡,"安史之乱"进入最高峰。马嵬兵变时,唐玄宗忍痛命令高力士在佛堂缢死杨贵妃。

后经睢阳之战,邺城之战等战役,唐军屡遭溃败。终于在上元二年(公元761年)三月,叛军内讧,史思明为其子史朝义所杀,内部离心。宝应二年(公元763年)春天,史朝义无路可走,于林中自缢而死,历时七年又两个月的"安史之乱"结束。

"安史之乱"终于结束,杜甫听到这一消息,不禁欣喜若狂,于是写下了这首千古传诵的七律诗。

"贾谊上书忧汉室,长沙谪去古今怜"深藏着什么样的故事?

"贾谊上书忧汉室,长沙谪去古今怜"出自《自夏口至鹦鹉洲夕望岳阳寄源中丞》。这是刘长卿的一首七言律诗,是他被贬后的触景生情之作。诗人借贾谊被贬长沙一事,向友人源中丞表达想念,抒发对自己和友人同时被贬的悲愤之情。

刘长卿的这首诗写于唐肃宗至德年间,当时他在鄂州任职,一次出巡到夏口一带时有感而发便创作了这首诗。早在刘长卿考上进士还没有揭榜时,唐朝就爆发了"安史之乱"。后来,肃宗继位,刘长卿被任命到苏州下属的长洲县当县尉。接下来,他被诬陷入狱,后遇大赦获释。但他接下来的仕途也没有顺利过——在流浪和被贬中起伏不定,一生苍凉。

古人写贾谊的诗句有很多,比如王勃就曾在《滕王阁序》中这样写道:"屈贾谊于长沙,非无圣主;窜梁鸿于海曲，岂乏明时？"王维写有："长沙不久留才子，贾谊何须吊屈平。"李白写有："贾谊三年谪，班超万里侯。"贾谊几乎成了古代文人才子们受屈被贬的代名词。这些作品中，最著名的要属苏轼的《贾谊论》。

那么，刘长卿笔下的贾谊到底是个什么样的人？历代文人又为何会为贾谊抱不平？

贾谊生于西汉洛阳，自小聪明好学，有"神童"之称。他年少时在荀子的弟子秦朝博士张苍门下学习，博采众长，对道家、儒家、法家都有研究。汉文帝继位时，年仅二十一岁的贾谊因为才学出众被任命为博士。担任这个职位是需要具有深厚的文化底蕴的，因为需要随时解答皇帝的疑问。每当汉文帝提出问题时，很多博士都答不上来，只有贾谊能够对答如流。因此，汉文帝十分喜欢他，破格升他为太中大夫，成为可以直接议论朝政的官员。

一次，汉文帝问贾谊有关治理国家的看法。贾谊说君主要以秦朝灭亡为鉴，多施行仁政，重商轻税。这样，老百姓才能安居乐业，进而对皇上充满感激之情。

贾谊写的《过秦论》奠定了其在中国文学史上举足轻重的地位。针对礼制，他建议改革，写了《论定制度兴礼乐疏》，具体详述了改革的步骤和益处。针对农商，写了《论积贮疏》，强调以农为本，因为老百姓的生活吃穿都来源于农业的发展，粮食一旦缺少，国家就不稳定，所以，统治者要特别重视农业生产，尤其是要大量存贮粮食以备战时之需。

就在贾谊的仕途一帆风顺的时候，汉文帝想给贾谊更高的官职，却遭到了王公大臣的反对，又加上贾谊提出封为王侯者应该回到封国去的建议，得罪了一大批权贵，使他在朝堂上更加被排挤。在这种情况下，贾谊被贬出京城，去长沙当了长沙王的太傅。

贾谊被贬后，在去长沙的路上心绪难平，对文帝听信佞臣陷害之言愤愤不已。途经湘江时，看到江水滔滔，他想到了屈原，并且觉得自己和屈原的经历很相似，都是空有一身抱负无处施展，好不容易得到君王的赏识，却招来小人的嫉妒，以致被贬他乡。想到屈原最后投汨罗江而亡，他心里更加悲凉，就写了一首《悼屈原赋》，一是为了怀念屈原，二是为了宣泄自己心中的不满。

在长沙期间，针对私造铜器的问题，贾谊写了《谏铸钱疏》。该疏在当时不但没有得到朝廷的重视，反而为奸臣陷害他找到了一个新的理由。在长沙的第三年，有一只猫头鹰飞进贾谊的屋子，他有些迷信，认为猫头鹰进屋是不好的预兆，加上心情一直不好，觉得自己可能活不长了，于是便写了一篇《鹏鸟赋》来安慰自己。

后来，贾谊回到长安，汉文帝召他彻夜长谈。但谈的不是政事，而是关于鬼神方面的事情，这让贾谊觉得汉文帝丝毫没有重用他的意思，从而更加悲愤。不幸的是，不久后梁怀王坠马而亡，贾谊认为是自己没有履行好太傅的职责，才会发生这样的悲剧，心里十分愧疚，经常痛苦不已，一年后就在忧郁中死去。贾谊死的时候才三十三岁，可谓英年早逝！

"海上生明月,天涯共此时"这一千古名句是谁创作的?

"海上生明月,天涯共此时"出自张九龄的《望月怀远》。意思是说,茫茫的大海上升起了一轮明月,这时的你和我正在天涯共相望。这首诗的意境雄浑豁达,幽静明丽,从而成为传诵千古的佳句。

张九龄不但文采出众,还是唐朝政绩斐然的政治家。他一生秉公尽忠、直言善谏,从不徇私枉法,是位一身傲骨、气度非凡的好官。据传,他从小就是个神童,五六岁便会写诗。

一次,家人带张九龄去游宝林寺。宝林寺是座百年名刹,风景优美,香火很旺。那天正好韶州府的太守前来进香。大殿里其他的香客赶紧回避,张九龄却不怕,他把在寺外玩时折的一支桃花藏到袖子里,看着太守的随从往香案上摆供品,太守看他灵秀可爱,就问道:"难道你想吃供果吗？我出个对子，你要是对得上，就拿供果给你吃。"张九龄说："好啊。"太守看见他袖子里藏了桃花，便说道："白面书生袖里暗藏春色。"张九龄脱口而出对道："黄堂太守胸中明察秋毫。"太守一看难不倒他，又出了一个："一位童子，攀龙攀凤攀丹桂。"张九龄抬头，正面对佛像，便应："三尊大佛，坐狮坐象坐莲花。"太守和随从都很诧异，没想到这个小孩居然这么有文采！

关于张九龄的神奇故事有很多，其中有两则是他小时候在大鉴寺读书时的故事。张九龄写字用的墨有一尺多长，墨砚如大盆般大。一次，墨砚被一只大老鼠拖走了，张九龄也不害怕，而是把老鼠捉来钉在了木板上，写上："张九龄，解鼠上朝廷，如果解不到，山神土地也不安宁。"然后把木板放于江水中。奇怪的是，木板下水后，不是顺流南下，而是逆水北上，甚至隐约听见江里响起锣鼓声，又恍惚看见木板上旌旗飘摇，好像真的有兵马押着老鼠上京一样。

有一年，韶州大旱，地都干得裂开了，庄稼也枯萎了。老百姓急得从早到晚来大鉴寺求雨。张九龄看到这种情景，就问求雨的百姓："你们这样能求到雨吗？"百姓们说："求得次数多了，老天爷一定会感动的。"张九龄说："老天爷是靠不住的。"百姓们有些不耐烦他来打扰，就说："你有本事你试试。"张九龄听完这句话，就蹲在地上磨起墨来。大家问他要干什么,张九龄说:"我要写状子状告老天爷。"大家以为小孩子说着玩儿,于是不理他。没想到,他砚台里的水越磨越黑,天色也变得越来越黑,等墨磨完了,张九龄拿起墨砚往空中一泼,天上就哗哗下起雨来,百姓们都高兴得手舞足蹈。虽然这个故事听起来像是后人杜撰的,但是这却增加了张九龄神童称号的传奇色彩。

  长大以后,张九龄很轻松地便考上了进士。几番宦海沉浮,其直言不阿的性格得罪了当时的宰相姚崇,他便辞官回到了岭南老家。虽然赋闲在家,他也想为百姓做点实事。当时,出入岭南需要经过一座大庾岭,道路艰险,交通不便,当地百姓深受其苦,张九龄便向朝廷申请凿关修路,打通大庾岭。朝廷批准后,张九龄就带领着当地的民众,每天爬悬崖、穿灌丛,指挥施工。修路虽然很辛苦,他却甘之如饴。道路修成之后,张九龄便写了《开凿大庾岭路序》一文。因为开凿大庾岭有功,张九龄又被重新启用,并得到了当时的新宰相张说的欣赏。后来张九龄又被贬,但他始终没放弃为百姓做事的理想,最后成了唐玄宗时代的宰相。

  晚年的唐玄宗已经不再勤于朝政,而是迷恋美色。张九龄便经常劝诫皇帝要勤勉,以国事为重,弄得唐玄宗对他产生了嫌弃,觉得他太不知进退了,但是他仍然寻找各种机会劝诫唐玄宗。张九龄的棋下得很好,唐玄宗经常找他下棋。

虽然唐玄宗不是张九龄的对手，却不服输，越输越勇。张九龄见皇上不处理朝政，天天拉着自己下棋，很是着急，就劝诫唐玄宗说："陛下，您这样天天下棋，朝廷的大事你如何有时间处理啊？"唐玄宗正在兴头上，眼睛只盯着棋盘就随口说："不要紧，我自有办法。"两人一边下棋，张九龄一边劝诫，唐玄宗实在被说得不耐烦了，就说道："朝廷的事有文武百官处理，你就安安心心陪我下场棋吧！"于是，张九龄故意不动，让唐玄宗把自己的帅吃掉，以此来提醒唐玄宗下棋就好比处理朝政，如果主帅不动，部将就不会齐心，这样必定输得一败涂地，所以，还是国事要紧。他还曾劝诫唐玄宗不要重用奸相李林甫，直言安禄山必反，让唐玄宗先杀了安禄山。终于，张九龄把唐玄宗惹烦了，他的丞相之位被罢免。后来"安史之乱"爆发，唐玄宗仓皇逃往四川，想起张九龄的话，后悔莫及。但是一切都已经太迟了。

　　史书记载，张九龄"耿直温雅，风仪甚整"，品格高远刚直，文采大气沉郁。所以，千百年来张九龄一直被后人敬仰。

"想见读书头已白"是什么意思？

"想见读书头已白"出自黄庭坚的《寄黄几复》，是黄庭坚思念远方的友人黄几复时写给他的肺腑之言。这句话的意思是说，想象朋友已经年纪很大，头发花白了，还在认真读书的样子。

那么，古人真的是到头发花白的时候还在读书吗？是的。古代读书人想要做官，都必须经过科举考试，就算考上了进士，做了官，还要每天抽出时间来读书学习，以备皇帝考核。古代的科举考试比现在的高考还要难很多。科举考试要过重重关卡。那时候，没有秀才身份的读书人称童生。童生要参加乡下每年一次的考试，考过了才是秀才。秀才有资格参加每三年一次，在各省的省会举行的乡试。乡试时，皇帝会亲自出考题并派人来监考。一般从二十多人中才能选出一名举人，可见竞争有多激烈。

考中了举人,便有资格参加每三年一次的会试。参加会试的全国各地的举人会聚集在京城,连考九天,但通过率只有百分之十左右。只要考上了进士就可以做官,但是官大官小,留在京城还是去外地,还得经过一轮殿试。殿试由皇帝亲自出题、评卷,然后才分出大家所熟知的状元、榜眼、探花;后面的人还有二甲、三甲之分;最后把人名和名次填到金榜上,让考生自己看榜。

明清时期,科举考试考的是八股文,有固定的格式,按照一套刻板的标准来判断文章优劣,这就扼杀了考生的创新能力。但古代文人没有别的出路,只有通过仕途才有可能改换门楣、光宗耀祖。因此,经常有人考了几十年还考不上,头发白了,仍然不能做官,即便如此,他们还是会不断地读书。

清代吴敬梓的《儒林外史》中,记载着这样一则故事——范进中举。该故事说的是,书生范进一直过着穷困的生活,即便这样,他还是没有放弃做官的念头,一直不停地去参加考试,考了二十多次,到五十四岁才中了秀才。他没钱参加乡试去找岳父借钱时,岳父不但不借钱给他,还挖苦他,说他贪图功名。但他不介意,不顾家里已经没钱吃饭,宁可让母亲和妻子挨饿,还是去参加了乡试。他参加乡试回来时,母亲已经饿得两眼昏花,让他去集上把家里唯一的鸡卖了换点米。范进正在集上卖鸡的时候，有人跟他说他这次考上了，听了之后范进高兴得疯了，到处跑着喊："中了！中了！"后来，他被岳父一巴掌打醒才变得正常了，而自从中举后，岳父对他的态度也和以前截然不同了，对他是又敬又畏。

其实不只是一个范进，科举考试造成的悲剧太多了。当时很多有才华的人，都败在了科举这条路上。写出《聊斋志异》的蒲松龄从十九岁中了秀才之后，每三年参加一次乡试。他虽然才华横溢，却每次都名落孙山。但是他一天没当上官就一天不甘心，还是每三年去参加一次考试。就这样，他一直考到七十一岁，头发胡子都白了还是没考上，气得他写诗骂考官。主考官看他可怜，破例让他当了个贡生。在科举考试上屡屡碰壁的蒲松龄，只能把这种悲愤写在《聊斋志异》里，却意外地给后人留下了文学史上一笔宝贵的财富。

唐代大才子温庭筠才华横溢，年纪轻轻诗赋就做得很好，在当地很有名气。但是高傲的他从来不把科举当回事，觉得只要自己想考，功名就是唾手可得的事。于是他就一直四处游玩，到了四十岁玩够了，才大摇大摆地走进考场，正儿八经地第一次参加考试。没想到的是，他考到五十多岁了竟然还没考中进士。后来，他就当起了替别人答卷的枪手。一次，主考官怕他再作弊，便把他单独放在一个地方，像防贼一样盯着他，而就是在这种情况下，他还是暗中帮八个人写了卷子。可见，其作弊手段是何等高超。最可笑的是，他自己没考上，而他帮的那些人却都考上了。从此以后，他就绝了考试的心思，再不踏进考场半步。据记载，以高龄之年考中状元的确有人在。北宋有个叫梁颢的，经过四十七年考试，竟然在八十二岁时考中了状元，还当过翰林学士、开封府尹。

在"万般皆下品，唯有读书高"的思想桎梏下，古代人会花费大量时间去读书。但是，在这样的思想指导下，读出来的书呆子又有几个人能成为真正的治国之才？而在"死读书，读死书"的环境影响下，那些自以为才高八斗的文弱书生还浑身充满着傲气，认为自己身份不一般，绝对不能像普通老百姓那样下地干活，出外经商。殊不知，这样的思想导致他们即便当上了官，也不会为老百姓做事。所以，历史上才会出现那么多的贪官污吏。

"曾是洛阳花下客，野芳虽晚不须嗟"的作者经历了哪些坎坷？

"曾是洛阳花下客，野芳虽晚不须嗟"出自欧阳修的《戏答元珍》。这句诗的意思是说：我们都是观赏过洛阳牡丹花开盛况的人，山上的野花虽然开得晚了，但也用不着哀叹。

在古代，文官只要被贬，往往都要写诗抒发一下不受朝廷重用的抑郁情怀，欧阳修却是一个例外。《戏答元珍》是他被贬峡州夷陵县当县令时写的一首诗，从诗中看不到丝毫消极的情绪。本诗全文为：

春风疑不到天涯，二月山城未见花。
残雪压枝犹有桔，冻雷惊笋欲抽芽。
夜闻归雁生乡思，病入新年感物华。
曾是洛阳花下客，野芳虽晚不须嗟。

这首诗大意是这样的：我真怀疑春风吹不到这边远的山

城来，都已经二月份了，在这里还没看到一朵花开。冬天的残雪依然压在挂有橘子的树枝上。天气虽然依旧寒冷，但是春雷已经响了，好像是在催促竹笋快点抽芽。一阵阵往北回归的雁鸣声让我想起了家乡，这乡思让我夜间无法入睡。这次生病时间长了，新春的景象让我心绪如麻。我曾在洛阳看够了开得千姿百态的牡丹花，这边的野花开得晚些，也没什么好伤感的了。

欧阳修中进士后，去洛阳任职，并娶了恩师胥偃的女儿，可谓春风得意。后来，他又结识了梅尧臣等文人好友，他们一起吟诗作赋、游山玩水。当时他的上司是吴越忠懿王钱俶的儿子、西京留守钱惟演。钱惟演非常喜欢欧阳修等青年才俊，没有让他们承担很烦琐的公文事务，还支持他们的玩乐行为。有一次，欧阳修和朋友们到嵩山游玩，不料下起了雪。钱惟演的随从给他们带来厨子，并嘱咐道："府衙没有很要紧的事，雪天路滑，你们不用着急赶回来，在山里慢慢赏雪吧。"后来，钱惟演离开洛阳，欧阳修等人十分不舍，这段生活成为欧阳修人生中的美好回忆。这首诗就是他回忆自己曾经在洛阳过得那些无忧无虑的日子。有过那样的岁月，这一生还有什么困难是不能承受的呢？其实这也算是诗人的自我安慰。在历史上，欧阳修也确实是一个豁达的人。

欧阳修是宋初"诗文革新运动"的倡导者、文坛领袖。

他的诗词、散文俱佳，风格清新自然，一生著述很多。在史学方面，欧阳修也有很高的成就，曾参与合修《新唐书》，独自撰写了《新五代史》，编了《集古录》。他和韩愈、柳宗元、苏轼合称"千古文章四大家"，同时还是"唐宋八大家"之一。

但是，这个天赋奇才的人却是个从小读不起书的孩子。欧阳修算是父亲的老来子，在他四岁的时候，父亲就去世了，因为父亲没有给家里留下任何财产，母亲只能带着欧阳修投奔到叔叔欧阳晔家。叔叔家人口多，日子过得也很清贫。到了该上学的年纪，欧阳修看见其他孩子能上学，非常羡慕，便跟母亲说也想读书。但是，叔叔家里实在是没有办法送他去读书，好在母亲是受过教育的大家闺秀，便用芦苇秆当笔，在河边的沙滩上亲自教欧阳修读书。母亲用心教，他也认真学，不久，欧阳修就已经能够认识很多字，可以自己读书了。家里的书很快被他读完了，没钱买书，欧阳修就去城南的李家借书、抄书。一次，他在人家的废纸堆里发现了一本旧书，是唐代文学家韩愈的文集，便如获至宝，请求主人把这本书借给他。主人被他好学的精神感动，把书直接送给了他。凭着聪明和勤奋，十岁时欧阳修就能写出很好的文章。欧阳晔从欧阳修身上看到了振兴门楣的希望，对他的母亲说："嫂子你不必担心家贫子幼，这孩子是个奇才，以后必然天下闻名。"果然，欧阳修最后没有让家人失望。

有人问欧阳修是怎样学习的？他说靠三多，即多看、多做、多思。即使做官后，欧阳修也依然勤奋读书。

晚年的时候，欧阳修的古文功底已经非常深厚，但他还时常虚心向别人求教。他的名篇《醉翁亭记》是在被贬滁州太守时写的。当时，他把滁州治理得是井井有条，百姓们也都很拥戴他。他闲时就带着官吏和民众一起游山玩水，在山里吃饱喝醉了，就晕晕乎乎地看着大家玩乐。《醉翁亭记》写成后，欧阳修把文章贴在城门上，征求民众的意见。刚开始的时候，大家看了都说好，后来有一个砍柴的看了说开头太啰唆，建议欧阳修到琅琊山南门看一看。欧阳修去看了，发现滁州不只是四面环山，于是，他就提笔将原文开头一大串文字改成"环滁皆山也"。如此一改，文章便简练生动了许多。

滁州当地有个纨绔子弟，以才子自居，经常在亲朋好友中吟几句歪诗，人称"酸秀才"。他并无真才实学，家里却有些权势，所以很多人都想巴结他，就一味地称赞他的诗吟得好，甚至说他可以和欧阳修相提并论。于是，他打定主意要和欧阳修比试。路上，他看到一棵枇杷树，树上枝繁叶茂，便诗兴大发，说道："路旁一古树，两朵大丫杈。"下面怎么也接不下去了。此时，路边走过来一位老者随口接道："未结黄金果,先开白玉花。"酸秀才听了,便高兴地拉着老者一同去找欧阳修。两人走到河边,见河里一群鹅游来游去,秀才又冒出两句:"远看一群鹅,一棒打落河。"然后看向老者,让他对出下句,老者笑着说:"白翼分清水,红掌踏清波。"秀才很高兴,认为凭他们的实力一定能稳操胜券,便说:"诗人同乘舟,去访欧阳修。"老者哈哈大笑道:"修已知道你,你却不知修(羞)。"原来,老者就是去游山玩水的欧阳修,秀才听了狼狈地跑掉了。

  欧阳修虽然多次被贬,但他从来没有消极避世。他的为人和文风都很平易近人,他喜欢和百姓打成一片,内心豁达、开朗。他勤奋好学,年少成名却不骄傲,文风刚强却不失柔美。从他的性格中不难发现,正是他的乐观向上才使他写出了那些唯美的诗词。

第三章
山水田园自然：明月松间照，清泉石上流

先秦时期，虽然有描写山水田园的作品，但当时作品中的山水田园意象并不是主要的审美意象，所以并不能称其为山水田园诗。

东汉末年，曹操写了《观沧海》，山水田园诗初步成型。魏晋南北朝时期，陶渊明和谢灵运创作了大量的田园诗和山水诗，直到此时，山水田园才真正从先秦时期比兴的意象中脱离出来，成为可以单独为之作诗的事物。

山水田园诗发展到唐代，逐步形成了以王维、孟浩然为代表，主要包括盛唐时的储光羲、常建，中唐时的韦应物、柳宗元等的"山水田园诗派"。由于他们继承了陶渊明、谢灵运的艺术特点，所以他们的艺术风格相近。但是又因为每个人所处的具体时间段和生活遭遇不同，所以他们的作品各有特点。

总体来说，他们都以描绘山水风光或者田园生活为主，表达对自然的赞美和对田园生活的向往。他们描写时多用白描，语言清丽自然，意境恬淡悠远。可以说，他们的作品是唐诗艺苑中的奇葩。

"清泉石上流"是诗人的真实所见吗?

"清泉石上流"出自王维的《山居秋暝》。全诗如下:

空山新雨后,天气晚来秋。

明月松间照,清泉石上流。

竹喧归浣女,莲动下渔舟。

随意春芳歇,王孙自可留。

这是一首描写山水田园景色的五言律诗,其中"清泉石上流"一句是诗人的真实所见。

《山居秋暝》是王维在辋川隐居期间所作。辋川是现在陕西省西安市蓝田县的辋川镇,位于秦岭山脉的终南山下。终南山是道教圣地,因景色优美、气候适宜,历来是文人名士隐居的首选地。除王维外,老子、张良、陶渊明、鸠摩罗什、孙思邈等人也都曾在终南山隐居过。辋川隐居期间是王维山水田园诗的创作高峰期,后来他自己着手整理了《辋川集》,

收录了与好友裴迪在辋川隐居期间互相唱和的作品，从其中描写的景色、抒发的情感来看，辋川堪称唐代的桃花源。

说到王维和辋川，不得不提裴迪。具体两人是怎么认识的，现在已经无法考证，只知道裴迪也曾在辋川隐居过一段时间，后来裴迪希望能在官场有所建树，便重入红尘，准备科举。天宝三年（公元744年）冬，王维独自一人实在寂寞，便修书给裴迪，讲自己夜游灞水、夜登山岗的所见所闻，讲田园里悠闲惬意的生活，回忆两个人在一起游玩时的场景，还满怀期待地憧憬了第二年春天草长莺飞的景色，盛情邀请裴迪次年春天过来游玩。

次年裴迪如约而至，两人游山玩水、赠诗唱和，十分快活。不久之后，"安史之乱"爆发，王维被乱军扣押在洛阳，安禄山授予王维给事中一职，与"安史之乱"前王维的官职一样，但是王维的心情已经完全不同。这时裴迪冒险前来看望王维，并讲述了乐工在凝碧池流泪为安禄山演奏的事情。王维悲愤之下作《凝碧池》赠给裴迪，收复洛阳后，但凡"陷于贼"的官员都被定罪，但是王维因为《凝碧池》这首诗和弟弟王缙的请求受到了特赦。由此事可见，王维与裴迪已不单单是普通的诗酒朋友，而是患难之交了。

《山居秋暝》描写的是一个雨后的黄昏，人迹罕至的山谷里空气变得愈发清新，但是禁不住秋天已到，晚上的天气变得寒冷起来。月亮已经升起，透过茂盛的松林照射在地面，在柔和的月光下，山间溪涧里的水显得更加澄澈透明，不疾不徐地从河床上被水流打磨的光滑石头上流过。竹林那边传来喧嚣笑闹声，那是河边洗衣的姑娘要返回家中了，水中莲花的摇动想必是河流的上游有轻舟过路，惊扰了这恬静的美景。

王维是唐朝著名的诗人、画家，小的时候就才华横溢，十五岁去京城参加科举考试时，便因为精通诗书画乐成为京城王公贵族的宠儿。《唐国史补》里记载了这样一则故事：某次有人得到了一幅奏乐图，却因为画作不全无法得知画作题名。后来机缘巧合王维见到了这幅画，于是告诉大家："这是《霓裳羽衣曲》第三叠的第一拍。"然后大家请来乐师演奏《霓裳羽衣曲》第三叠第一拍，果然分毫不差。虽然根据后来沈括在《梦溪笔谈》里的考证，《霓裳羽衣曲》的第三叠并没有拍，此事纯粹是虚构，但是王维精通音律是正史中提到过的，所以后人附会也不无道理。

王维状元及第后担任太乐丞，却因为工作失误被贬官。后来张九龄拜相，王维受到重用，算得上是春风得意，仕途前景光明。可不久之后，王维就受到排挤，被调往塞外慰问前线将士，以此使他远离政治中心。随后张九龄罢相，王维的仕途更加坎坷。因为家中的老母亲和弟弟均信奉佛教，王维也寄情于禅宗哲理,在蓝田辋川过起了半官半隐的生活。此后王维虽有官职,却无心官场,心系田园,终老辋川。

　　诗的尾联"随意春芳歇,王孙自可留"反用《楚辞·招隐士》中的"王孙兮归来,山中兮不可久留"!王维在经历了开元年间的繁华、目睹了天宝年间的没落、亲历了"安史之乱"的动荡之后,虽然仍在官场,却已经深刻地认识到了官场的残酷斗争,也意识到了人在官场身不由己的无奈,这使他在辋川隐居之后,更是潜心事佛,寄情山水。在他的人生轨迹中,他觉得"山中"要远远好于"朝中"。

　　王维的诗画被苏轼称赞为"诗中有画,画中有诗",能贴切表达这一点的,除了"大漠孤烟直,长河落日圆"之外,就是这首诗的颔联:"明月松间照,清泉石上流。"诗句的画面感油然而生,再加上颈联"竹喧归浣女,莲动下渔舟"的声音和动态补充,使读者仿佛置身其中。整首诗明白如话,景色描写生动形象,将诗人当时的所见所感传递给了千年后的读者,艺术成就不可谓不高。

"气蒸云梦泽,波撼岳阳城"中的"云梦泽"是哪里?

"气蒸云梦泽,波撼岳阳城"出自孟浩然的《望洞庭湖赠张丞相》。全诗如下:

八月湖水平,涵虚混太清。

气蒸云梦泽,波撼岳阳城。

欲济无舟楫,端居耻圣明。

坐观垂钓者,徒有羡鱼情。

诗中的"云梦泽",又名"云梦大泽",位于现在的湖北省,是古代江汉平原上湖泊群的总称。"云梦"一词出自先秦古籍,是春秋战国时期楚王狩猎区域的总称。"云梦泽"是这个区域中以湖泊沼泽为主的一部分。先秦时,云梦泽的范围周长可达 450 千米。据《水经·沔水注》记载,云梦泽最大时北线曾到达过汉水以北,后来因为长江和汉水的泥沙沉积,从战国时期开始,云梦泽就已经逐渐缩小且向南迁移。西汉时,云梦泽被分割成若干湖泊;东汉时,云梦泽已经以沼泽形态为主了。魏晋南北朝时,云梦泽的范围周长已经缩小到200千米,不及先秦时的一半。到唐朝时,古云梦泽已经基本消失,取而代之的是星罗棋布的小湖泊。

洞庭湖位于长江流域的荆江南岸,虽然与云梦泽同属于"江汉-洞庭凹陷带",却不属于古云梦泽。屈原的《楚辞·九歌·湘夫人》中"袅袅兮秋风,洞庭波兮木叶下"说的便是洞庭湖,说明洞庭湖在战国时便已经存在。洞庭湖因为湖泊水体面积小,其他典籍并未将其列入古代有名的泽薮之中。东晋之后,随着云梦泽的萎缩和荆江江陵河段金堤的修筑,长江水汇入洞庭平原,到唐朝时,已然号称"八百里洞庭"。孟浩然写诗时,是用"云梦泽"来代指洞庭湖的。

青年时期,孟浩然"读万卷书,行万里路",在长江流域交游甚广,先后结识了李白、王维、王昌龄等人,并与他们成为好友。但孟浩然的仕途并不顺利,两次前往长安求仕无果。暮年,张九龄担任荆州长史的时候,他曾经在张的幕府中任职,不久幕府解散,孟浩然离开荆州返回故乡。

《新唐书》中有一段记载,说孟浩然四十岁时第一次前往长安,参加进士考试,落榜后留在长安,与诸名士交游往来,进献文章,希望得到赏识。他曾经在太学作诗,有一句"微云淡河汉,疏雨滴梧桐"写得很好,名动京城,张九龄、王维等人读过之后更是击节而叹。那个时候,王维每天在金銮殿等待皇上的诏书。有一天早上,王维叫孟浩然到自己的办公地点讨论诗文,没想到皇上突然驾到,孟浩然惊慌之下藏在了桌子下面。王维不敢隐瞒,对皇上说:"之前名动京城,写下'微云淡河汉,疏雨滴梧桐'的那个书生孟浩然现在在臣这里,他是臣的朋友,所以臣把他唤来讨论诗文。现在见到陛下,被陛下的威仪震慑,不敢出来面见陛下,还望陛下恕罪。"皇上听说后很高兴,说:"我早就听说有这么个大才子却一直没见过,今天机缘巧合可以见一下,为什么要躲起来呢?"于是皇上召见孟浩然,让孟浩然背一首自己的诗。孟浩然略微沉思,背道:"北阙休上书,南山归敝庐。不才明主弃,多病故人疏。"皇上听了之后很生气,说:"我没有不用你,是因为你没有来求取官职,为什么现在反而诬陷我?"于是皇上就让孟浩然回襄阳去了。

六年之后的开元二十二年(公元734年),孟浩然再次来到长安,拜谒张九龄求取官职,依然没有结果。同年他返回襄阳,认识了襄州刺史韩朝宗。韩朝宗十分欣赏孟浩然的才华,并且跟他约好一起参加宴饮,借此机会将孟浩然介绍给其他高官,以此使他踏入仕途。但是孟浩然想到之前前往长安拜谒宰相张九龄都没能成功入仕,如今韩朝宗只是一个刺史,希望自然更加渺茫。于是等到了约好的日子,孟浩然跟一群朋友一起喝酒谈诗，并没有去赴韩朝宗的约，虽有人提醒孟浩然说："你跟韩公今天有约，现在却跟我们在一起玩乐，随便爽约怠慢了韩公恐怕不好吧？"但是孟浩然却说："我已经喝了酒，现在跟你们一起交谈感觉很快乐，其他的事就不要提来扫兴了。"韩朝宗没有等到孟浩然，十分生气，但是孟浩然依然不后悔。

《望洞庭湖赠张丞相》创作于孟浩然第二次入京时，题目中的"张丞相"就是张九龄。孟浩然写这首诗是希望能够得到张九龄的引荐进入仕途。全诗从洞庭湖的景色写起，水天相接，烟波浩渺，从而引发了诗人的感叹。颈联中"舟楫"语出《尚书·说命上》："若济巨川，用汝作舟楫；若岁大旱，用汝作霖雨。"后世便用"济巨川"喻指宰相，此处的"舟楫"既是指"张丞相"，即引荐自己步入仕途的伯乐，也是指字面意义上渡湖的"舟楫"。尾联则化用"临渊羡鱼，不如退而结网"（《淮南子·说林训》），表达自己希望得到援引的心情。

这首诗不同于其他的山水田园诗，从内容上讲虽是一首山水诗，但从作用上看却是一首干谒诗。全诗"体物写志"，大气磅礴，气势恢宏，用洞庭湖的景色起兴，把洞庭湖的景象写得有声有色，衬托出了作者积极进取的精神，而且写景抒情融为一体，即便是干谒诗，也写得不落俗套。

"昔人已乘黄鹤去"是诗人亲眼所见吗?

"昔人已乘黄鹤去"出自崔颢的《黄鹤楼》。全诗如下:

昔人已乘黄鹤去,此地空余黄鹤楼。

黄鹤一去不复返,白云千载空悠悠。

晴川历历汉阳树,芳草萋萋鹦鹉洲。

日暮乡关何处是?烟波江上使人愁。

首联中所写的"昔人已乘黄鹤去"并非诗人亲眼所见,而是诗人登临黄鹤楼时,由黄鹤楼的名字联想到的一个传说。时至今日,这个传说有好几个版本。版本一是《南齐书·州郡志》中的记载,说古时候有个仙人名叫子安,他曾经乘黄鹤经过此地;版本二是《太平寰宇记》中引用《图经》中的记载,说有个叫费祎的人得道成仙后,曾经骑着黄鹤回来过,在黄鹤楼休息,所以把这栋楼称为黄鹤楼;版本三被明代人王世贞收入《列仙全传》中,成为"橘皮画鹤"的故事。说的是费祎羽化登仙之后，思念人世间的美景与美酒，于是经常回到长江边玩乐。每次来的时候，费祎都会到当时黄鹄矶（位于今武汉市武昌长江大桥正下方）一家辛姓人家开的酒楼小酌休息，但是他一直赊账，从来不付钱，而酒楼的老板却从来不生气，还把费祎喝酒的小杯换成大杯。这样过了好几年，费祎要走了，于是对老板说："感谢你这几年一直赊给我酒喝，还慷慨地换了大杯，如今我要走了，也到了该付酒钱的时候了。"费祎用桌子上的橘皮在墙上画了一只黄鹤，对老板说："如果有人前来，对着黄鹤鼓掌高歌，黄鹤就会翩翩起舞。"说完费祎就离开了。从那以后，酒楼的客人络绎不绝，大家都想来看看这只神奇的黄鹤，老板也因此赚得盆满钵满。十年之后，费祎又回到这里，见到老板后问道："我的酒钱还清了吗？"老板随即拜谢，摆宴为费祎接风，费祎取出自己的笛子吹奏起来，只见黄鹤翩然飞出，费祎就骑着黄鹤飞走了。后来为了纪念费祎，酒楼的老板用这十年所赚取的钱将酒楼改建成了黄鹤楼。

无论崔颢用的是哪个版本的传说，"昔人已乘黄鹤去"都不是诗人亲眼所见，而是一个传说中的故事。这个故事的最终结果都是仙人乘着黄鹤飞走了，再也没有回来。崔颢在该诗的首联用到这个故事，既是因为题诗的建筑叫作"黄鹤楼"，也是因为作者要表达一种时光流逝的感慨，抒发自己的怀古思乡之情，再就是用传说入题要更加快捷，而且生动形象。

崔颢早年不治行检，恣意放荡，娶妻择美，稍不如意便弃之如敝屣，所以史书上对他的评价并不算好。虽然他官场不得意，留下来的诗作也不多，但是《黄鹤楼》一首就足以使他蜚声诗坛。南宋诗论家严羽在《沧浪诗话》中评价《黄鹤楼》时说："唐人七言律诗，当以崔颢《黄鹤楼》为第一。"

相传号称"斗酒诗百篇"的李白年轻的时候曾经四处游历祖国的大好河山，兴之所至经常提笔赋诗。这天他来到江夏的黄鹤楼，登楼远眺，陶醉于四周壮观的美景，诗兴大发，正准备吟诗一首抒发自己内心的豪情，却突然看到了崔颢题在墙壁上的《黄鹤楼》之句，击节而叹，连连赞叹说"绝妙"。然后他留诗说："一拳捶碎黄鹤楼，一脚踢翻鹦鹉洲，眼前有景道不得，崔颢题诗在上头。"至此，他便搁笔不写了。

有了这个传说，历代对《黄鹤楼》的校注层出不穷，不仅黄鹤楼被称为"崔氏楼"，连武汉都被誉为"白云黄鹤的地方"，诗的影响力可见一斑。直到清代诗人孔尚任游览黄鹤楼时，有感于李白搁笔一事，却遗憾黄鹤楼景区没有建筑来纪念此事，于是随意指了黄鹤楼旁的一处小亭命名为"搁笔亭"，并赋诗名曰《题搁笔亭》。因此，"李白搁笔"的故事就更加有名了。

李白对崔颢的这首诗一直念念不忘,在后来游历金陵时,他登上凤凰台(今南京紫金山一带),仿照《黄鹤楼》作了《登金陵凤凰台》。全诗如下:

凤凰台上凤凰游,凤去台空江自流。

吴宫花草埋幽径,晋代衣冠成古丘。

三山半落青天外,二水中分白鹭洲。

总为浮云能蔽日,长安不见使人愁。

这首诗作为李白不多见的七言律诗,也被后世诗论家一再赞扬,并经常与崔颢的《黄鹤楼》相提并论,成为诗坛佳话。

"曲径通幽处,禅房花木深"描绘的是什么样的景色?

"曲径通幽处,禅房花木深"出自常建的《题破山寺后禅院》。全诗如下:

清晨入古寺,初日照高林。

曲径通幽处,禅房花木深。

山光悦鸟性,潭影空人心。

万籁此俱寂,但馀钟磬音。

这首诗是唐代诗人常建题在破山寺的一首题壁诗。破山寺,即兴福寺,位于现在江苏省常熟市西北的虞山上。南朝齐延兴到中兴年间(公元494年—502年),郴州刺史倪德光将自己的宅院捐献出来改建为寺院,命名为"大悲寺"。这便是兴福寺的前身。南朝梁大同年间(公元535年—546年)对大悲寺进行改建扩建,同时改名为"福寿寺"。因为寺庙地址紧邻破龙涧,所以又名"破山寺"。咸通九年(公元868年),唐懿宗御赐"兴福禅寺"的匾额,兴福寺的名字便流传至今,成为江南名刹之一。

常建是开元十五年(公元727年)的进士,但是官宦生涯始终不如意,于是便寄情山水,留下了很多有名的山水诗作,《题破山寺后禅院》就是其中名声最大、流传最广的一首。

在早上太阳还没有完全升起时,诗人便在迷蒙的雾气中寻找之前不曾见过的美景,不知不觉中太阳已经升起,薄雾已经消散,这时眼前出现了一座古寺。柔和的阳光透过茂盛的树林照射下来,薄雾已经完全消散了,寺庙也就变得清晰起来。诗人一时兴起,走进了寺庙,茂密的竹林中有弯弯曲曲的小路,指引人们走向竹林的深处,突然间豁然开朗,眼前出现了大片的花草,而寺院的禅房就坐落在这片花草之中。寺院后面山林的景色一览无余,阳光照耀着这片山林,峰峦苍翠,在山间飞翔的鸟儿愉快地鸣叫着,水潭中的水泛着微微的波光,清澈见底,令人心旷神怡。这美妙的景色仿佛是世外桃源,洗涤着人的心灵,四周仿佛变得安静起来,只留下了寺庙的钟声还一遍遍地在耳边回荡。

根据佛家的说法,出家为僧的人在禅定之后,"虽复饮食,而以禅悦为味"(《维摩诘经·方便品》)。这句话的意思是说,虽然还在吃俗世的食物,但是只有禅才能使他们得到真正的快乐和满足。在诗中所写的这种场景中，诗人仿佛已经是出家之人，感受到了宗教带来的满足感，仿佛忘记了尘世的种种烦恼，像山间自由飞翔的鸟儿一样无忧无虑。他仿佛听不到尘世间的种种杂音，只有低沉悠长的钟磬之音在心里回荡，而这绵长的佛音引导着诗人进入了纯净的世界。诗人喜爱这独立于尘世的禅院，醉心于这幽美绝世的居处，在这里他领略到了遁入空门、忘记尘俗的快活，但是生活还要继续，这快活也只是短暂的。

这首诗用词平淡，所描写的景物看起来也并无特殊气质，但是恰如唐代文学家殷璠在《河岳英灵集》中评论常建诗歌的艺术特点时所说："建诗似初发通庄，却寻野径，百里之外，方归大道。所以其旨远，其兴僻，佳句辄来，唯论意表。"它的构思巧妙，从平淡入手，自然而然地将读者引入到诗的情境中，从而使读者有身临其境的感觉，产生相同或不同的情感。诗中的佳句并非以精妙的描写和华丽的辞藻惊人，所以初看并不起眼，再看时却好像突然出现在读者面前，令人惊叹。北宋文人欧阳修在《题青州山斋》中提到自己格外喜欢"曲径通幽处，禅房花木深"两句，曾经评论说："我喜欢这两句的意境，也想仿照这个意境写两句诗，但是很久都没有写出来，这才知道这两句是神来之笔，作者写这两句诗一定下了苦功了。"后来欧阳修曾到青州的一处山上小屋休息过夜，亲眼见到了"曲径通幽处，禅房花木深"，体会到了常建当时的心情，但是哪怕真的处在这样的环境中，想要写几句诗来抒发自己的情感，仍然是写不出来，即使写得出来，也远远及不上常建的这两句。

盛唐的山水诗多歌咏隐逸生活，有一种闲适的情调，但不同作者的作品风格也多有差别，没有完全相同的。常建存诗仅五十余首，其中以这首《题破山寺后禅院》最为著名，内容上描写自己悠游时的所见所闻，情感上抒发自己的遁世之情，风格清雅，区别于王维的高妙、孟浩然的平淡，别具一格。

"移石动云根"中的"石头"真的动了吗?

"移石动云根"出自贾岛的《题李凝幽居》。全诗如下:

闲居少邻并,草径入荒园。

鸟宿池边树,僧敲月下门。

过桥分野色,移石动云根。

暂去还来此,幽期不负言。

古人认为"云触石而生",所以用"云根"来代指石头。这首诗里反用,把云比作石头,以此混淆天地的界限,使得场景更加阔大。所以,"移石动云根"并不是指石头真的动了。

写这首诗时,贾岛是去拜访朋友李凝。他到达李凝住处的时候已经是晚上,不巧的是李凝不在家。李凝的居所周围没有别的院落人家,一条简陋的小路通往看上去好像已经荒芜了的院子。诗人的敲门声惊动了池塘边栖息在树上的小鸟。返回的路上走过小桥,两边一望无际的田野在夜色中美得如诗如画，低垂的云幕跟远处的山石已经融为一体，白云飘动，就好像山石移动。诗人今天前来拜访李凝没能见到他，就暂时离开了，回去的路上他一直在想：等到约定的时间，我一定会同李凝一同隐居的。

据《诗话总龟》记载，贾岛在写完这首诗的第二天骑驴回到长安，突然觉得"僧敲月下门"的"敲"字用得不妥，应当改为"推"。改过之后他又觉得"推"字不妥，应该改为"敲"。由于一时难以决断，于是他在毛驴上一边比画着"推"和"敲"的动作，一边思考到底用哪一个字好，以致路人都像看怪物一样看他。当时正赶上京兆尹韩愈出行，贾岛不知不觉地就走到了韩愈的仪仗队里，直到这时他还在手舞足蹈，于是韩愈的亲兵拿下了贾岛，把他带到韩愈面前。韩愈问道："你为什么要冲到我的仪仗队里？"贾岛据实回答说："我昨天吟得两句诗，'鸟宿池边树，僧敲月下门'，但是今天回想起来，觉得'敲'字用得不妥，应当换成'推'字，然而思来想去都觉得不算完美，想得出神了，没有注意到大人您的仪仗队，这才冲撞了您。"

韩愈听后非但没有责罚贾岛，反而十分感兴趣，于是停下马来细细思索，然后跟贾岛说："依我看，用'敲'字比较好，如果门是关着的，那推怎么能推得开？你是在晚上去访问你的朋友，敲门的话才是有礼貌的，而且晚上夜深人静之际,敲门声惊动了鸟雀,多了几分声响,静中有动,就活泼多了。况且用'敲'字读起来也更响亮。"贾岛听了之后觉得很有道理,连连称赞,于是把诗句定为"鸟宿池边树,僧敲月下门",还跟韩愈"并辔而归",一起探讨了好几天的诗文,成了好朋友。

这就是"推敲"的由来,韩愈与贾岛同样醉心于文学,而且都是性情中人,所以才会有这样的佳话。据《太平广记》记载,贾岛这样冲撞官员的事情至少还发生过两次。

元和年间,当时的诗坛风气虚假轻艳,元稹和白居易诗名未成,贾岛独自一人寻求诗歌的突破,废寝忘食地吟咏作诗。有一年秋天,贾岛骑着驴打着伞在长安的街道上漫步,见到秋风扫落叶的景象突然有感而发,吟出了"落叶满长安"的句子,却无论如何也想不出对应的另外一句,恰好这时京兆尹刘栖楚出行,贾岛沉浸在诗中并未避让,刘栖楚根本没有问贾岛为什么会冲撞自己,直接把贾岛抓去关了一晚上才放出来。

还有一次,是在贾岛听了韩愈的建议还俗,历经千辛万苦考取了进士之后的事。这天唐文宗微服私访,走到贾岛当时住的寺庙,听到楼上有人在吟诗,一时好奇便进去一探究竟,然而并没有见到吟诗之人。唐文宗好奇,便拿起了书案上的诗稿浏览。贾岛回来,发现一个锦衣华服的陌生人未经自己允许正拿着自己的诗稿看得入神,便一把将自己的诗稿夺过来,十分生气地讽刺道:"先生你生的白白胖胖,一身锦衣华服,一副纨绔子弟的样子,怎么能看得懂这个?"唐文宗对于贾岛的轻慢放肆十分惊讶,但还是离开了。不久,贾岛得知那便是当今圣上,十分后悔害怕,就去官府里请罪,但他还是被一贬再贬,最后在贫困中死去。

贾岛年轻的时候家里贫困,为维持生计入了佛门,后来因为无意中冲撞韩愈而与韩愈相识,并成为好友。韩愈欣赏他的文采,就劝他还俗,参加进士考试。贾岛经过思考后,听取了韩愈的建议,但是考试并不顺利,在终于高中之后却因为太过醉心文学,数次冲撞官员甚至皇上,直接或者间接地导致仕途不顺、官场失意。由于好友孟郊、伯乐韩愈都比他离世得早,贾岛最后在贫病交加中死去。

北宋文学家苏轼将贾岛与孟郊并称,说"郊寒岛瘦",贾岛自己也曾经说"二句三年得,一吟双泪流",其"苦吟"的做派可见一斑。

正是因为贾岛坎坷的经历,加上对文字的苛刻追求,使得他的诗风更加荒凉凄苦,在中晚唐之交产生了一种不同于前人的流派,对晚唐诗歌的发展产生了深远的影响。

"独怜幽草涧边生"是诗人真的喜欢草吗?

"独怜幽草涧边生"出自韦应物的《滁州西涧》。全诗如下:

独怜幽草涧边生,上有黄鹂深树鸣。

春潮带雨晚来急,野渡无人舟自横。

诗人将"幽草"与"黄鹂"并提,是想借"怜幽草"来寄托自己安贫守节,不欲求取高位的淡雅胸怀,更有人说此句含有作者"君子在下,小人在上"的政治隐喻。总之,这里的"幽草"并不是单纯地指草,它的深层含义众说纷纭。

韦应物生于开元盛世,少年时不务正业,豪纵不羁,整天斗鸡走狗,横行乡里,扰得四邻八舍的人都很苦恼,但因为他出身名门望族,十五岁时便入皇宫当了唐玄宗的近侍。不久"安史之乱"爆发,唐玄宗远逃四川,韦应物失去了官职,这时才开始用功读书。

根据考证,一般认为这首《滁州西涧》写于唐德宗建中二年（公元781年），当时韦应物担任滁州刺史，闲暇之余经常在辖区郊外独自闲逛，欣赏美景。滁州西涧就是韦应物经常来的一个地方。这一天诗人又来到这里，看到溪涧旁边的小草，听到林中黄莺的啼叫，河流因为刚下过雨而变得湍急，小渡口的渡船因为没有人管理，随意地横在江心。在这样的环境中，诗人有感而发，写下了《滁州西涧》这首脍炙人口的七言绝句。

韦应物是中唐著名的山水田园诗人，他的山水诗效法陶渊明，在一定程度上也受到谢灵运和王维的影响，诗作的风格清新自然，景色描写深刻细腻，富有生机。

韦应物不仅写诗的名气大，对诗的鉴赏品评也不局限于自己的风格中。据说韦应物在做苏州刺史期间，经常邀请文人雅士聚会宴饮。当时有个和尚号皎然，俗姓谢，据说是谢灵运的后代，很早就遁入空门，但是对诗文的兴趣很浓，频有佳作，涉猎广泛，交游也很广阔，京城高官、地方大员、山人隐士、女冠诗僧都在其交往之列。所以，当他听说韦应物到苏州担任刺史时，就想来拜会。韦应物的诗淡泊古雅，有陶谢遗风，皎然自己的诗却以隽丽闻名于世，二者风格完全不同。皎然十分担心韦应物不欣赏自己的诗。但皎然毕竟是神童出身，又对诗的创作有十分详细深入的研究，还写过一本指导别人作诗的理论著作《诗式》，所以这个问题对他来说并不算大问题。他找来韦应物的诗稿，仔细揣摩之后，仿照韦应物的风格写了几首诗，便带着前去拜谒韦应物。韦应物听说小有名气的皎然前来拜访，不敢怠慢，等到韦应物看了皎然拿出的临时诗作之后，却掩饰不住失望，连礼貌性的恭维客套都没有说，场面十分尴尬，皎然只好告辞。

回到自己的住处，皎然越想越觉得不服气，于是找出自己以前的得意之作抄录一番，索性第二天再去拜访韦应物。韦应物听说皎然再次来访，多少有些不耐烦，但是出于礼貌还是接待了他。等到皎然拿出自己的诗稿，请韦应物批评指教的时候，韦应物的脸色更是差劲。但他出于礼貌，还是翻看了皎然的诗稿，这一翻看，韦应物发现皎然的诗原来写得这么好，连连赞叹，甚至忍不住吟诵出来，然后对皎然说："要不是你今天拿着这卷诗稿再次来到我这里，我还以为你只是个浪得虚名之辈，如果你昨天就给我看这些诗，那我们昨天就可以成为好友，把酒言欢了。"皎然不好意思地回答道："我听说您追求淡泊古雅的诗风，但是我自己写的诗却十分艳丽，我担心您不认同我的风格，所以才仿照您的风格作了诗拿来拜谒您……"韦应物摇头笑道："这就难怪了。我虽然向往追求古雅的风格，但是并不希望别人盲目地模仿我、追随我。你昨天拿给我看的诗虽然跟我的风格十分相似，但是有些刻意迎合的味道，所以我才轻慢了你。今天你拿来的这些诗,虽然风格并不是我所追求的,但都是十分好的诗。每个人在写作的时候都有自己擅长的和不擅长的,我的长处你模仿起来费劲,还不自然,你的长处我模仿起来也会十分蹩脚。但是凭借诗文成名并不是靠模仿谁,而是要向着自己喜爱、擅长的方向努力,这才是正道。"

听了韦应物的这番话,皎然非常佩服,觉得韦应物是真正的懂诗之人,于是把生平所学、所想毫无保留地在他面前发挥了出来。这次两个人相谈甚欢,于是成为了好友。

由于广泛的涉猎和对好作品一视同仁的态度,韦应物才能够在盛唐之后萎靡的诗坛上写下自己与众不同的一笔。后世将"王(维)、孟(浩然)、韦(应物)、柳(宗元)"并称,列为唐代山水田园诗派的代表人物,由此可见其诗作的影响力。相比其他三人,韦应物的一生较为顺遂,虽然他的田园诗中有关心民间疾苦的内容,但整体恬淡高远,即便是暗含双关的政治诗,也都清新脱俗,所以韦应物与其他三人的诗作风格有所不同。

"一水护田将绿绕"是怎样的田间写照?

"一水护田将绿绕"出自宋代王安石的《书湖阴先生壁·其一》。全诗如下:

茅檐长扫净无苔,花木成畦手自栽。

一水护田将绿绕,两山排闼送青来。

从题目来看,这首诗是写在"湖阴先生"家的墙壁上的。湖阴先生名叫杨德逢,别号湖阴先生。王安石一生两次拜相,注重民生,坚定地推行变法改革,后半生一直在与保守派斗争,但他性格执拗,不能及时修正变法中的错误和弊端,使得"王安石变法"最终失败。晚年时,王安石辞官回江宁(今江苏南京)隐居,杨德逢就是他晚年隐居时的邻居和经常往来的好友。

这首诗描写的是杨德逢家的景象。简陋的房舍,因为经常打扫所以干净清爽,没有青苔,院子里有明显修整过的土地，上面整齐地种着一些花草树木，这些都是院子的主人亲手栽种的。院子外有一条流经此地的小河将农田围绕起来，好像是在保护农田。门外有两座大山，好像迫不及待地想要推开门将绿色送到主人的院子中来。

  诗的后两句运用拟人的手法，把"一水""两山"赋予人的感情和动作。而"护田"和"排闼"都是运用了史书中的典故。"护田"出自《汉书·西域传序》："自敦煌西至盐泽，往往起亭，而轮台、渠犁，皆有田卒数百人，置使者校尉领护。"这说的是汉代通西域之后，朝廷为了靖边和驻守，就调了部队在西域屯田。"排闼"出自《史记·樊郦滕灌列传》："高祖尝病甚，恶见人，卧禁中，诏户者无得入群臣。群臣绛、灌等莫敢入。十余日，哙乃排闼直入。"这说的是汉高祖刘邦在建立西汉之后，韩信、彭越、英布先后因为谋反罪被诛杀，因此汉高祖刘邦一度病得很厉害，不想见人。他躺在宫中，命令看门的侍卫阻拦前来看望或者劝谏的大臣。当时，群臣中位高权重如绛侯周勃、颍阴侯灌婴等人都不敢进宫看望刘邦。这种状况维持了十多天，朝政荒废，樊哙终于忍不住了，推开宫门，直接闯进宫去。樊哙是刘邦还是泗水亭长时就认识的人，与萧何、曹参一起辅佐刘邦，推翻秦二世，打败楚霸王，功不可没，是个忠诚勇敢的武将。

  王安石写此诗的后两句表面上看只是简单的拟人，暗中却用了《汉书》和《史记》中的两个典故,赋予"一水"汉代边关守将的任劳任怨、忠心耿耿,赋予"两山"樊哙的赤胆忠心。尤其是"排闼"两字的运用,使得山色的苍翠欲滴栩栩如生,仿佛扑面而来。更为生动的是,因为"排闼"的典故说的是樊哙,樊哙在后世人的印象中是一个简单、直接、爽朗、强壮的武将,此时的山势若奔,好像一个人兴奋地从远处奔跑而来,来不及敲门通告就直接推开主人的房门,将苍翠的山色献上,呼啸之势犹在眼前。加上诗的前两句描写的景色,房舍的主人杨德逢经常打扫庭院,自己种植花草树木,小河任劳任怨、忠心耿耿地护卫着主人的田地,四周的山峦迫不及待地要献上自己的礼物,主人亲切友好,欣赏周围山水的美,山水好像都有了感情,争相与主人亲近,神韵顿出。这首诗表面看起来没有什么惊奇之语,但这两个典故一用,瞬间把山水写活了,仅仅一首题壁诗便写得如此精细,可见王安石的练字之精。

  关于王安石写诗时的练字,有一个更有名的故事。据南宋洪迈的《容斋随笔》记载,吴中的读书人收藏有《泊船瓜洲》的王安石手稿,手稿上的最后一句最初写的是"春风又到江南岸,明月何时照我还",但是后面有王安石自己修改的痕迹,先是自己圈去句中的"到"字,在旁边批注说"不好",然后改成"过",再次圈去,后面一改再改,用过的字有"入""满"等,这样一共改了十几个字,最后才定为"绿"字。这样的改动次数,比贾岛的"推""敲"有过之而无不及。

  王安石能名列"唐宋八大家",除了在北宋中期开展了诗文革新运动,为扫除北宋初年浮华的诗风做出了巨大贡献外,这种对待自己作品的认真态度和广泛地涉猎经史子集并可以毫无痕迹地在诗作里引经据典的能力也是极为重要的。虽然他的诗文像他的性格一样,本身是好的,但是因为执拗而有些走极端,在政治方面表现为他强行推行新政,在文学方面则表现为他过于强调文章的实用性,议论说理过多,从而缺少了形象性和韵味。但是王安石的山水诗别具一格,清新自然,仍不失大家风范。

"千山鸟飞绝"真的没有鸟了吗?

"千山鸟飞绝"出自柳宗元的《江雪》。全诗如下:

千山鸟飞绝,万径人踪灭。

孤舟蓑笠翁,独钓寒江雪。

这首诗描写的是大雪过后的景象,天地苍茫,山中没有飞鸟,路上没有行人,只有江中有一叶扁舟,舟中有一个渔翁在钓鱼。前面两句运用了夸张的描写手法,"千""万""绝""灭"都只是为了营造雪后肃杀空旷的环境,与后面两句中写到的独自垂钓的渔翁形成对比,使作品更加具有画面感,体现出垂钓之人的孤寂。所以,"千山鸟飞绝"未必说的是真的一只鸟都没有了,而主要是为了描绘一种意境。

柳宗元是"唐宋八大家"之一,与同时代的韩愈发起了"古文运动"。少年时代柳宗元就才华横溢,二十一岁便进士及第,很早就进入了官场。但是唐德宗执政后期依赖宦官,增加赋税,使得官场十分黑暗。柳宗元认识到了这些,逐渐萌发了要求改革的想法。唐顺宗即位后,柳宗元参与了王叔文领导的"永贞革新"。但是因为保守势力和宦官的力量强大,加之唐顺宗身体状况不佳,很快被逼退位,政治革新运动也随之失败。参与革新的官员都遭到了贬谪。柳宗元先后被贬为邵州刺史、永州司马、柳州刺史,再也没有得到重用,最后不到五十岁就病逝于柳州。

研究者认为,柳宗元的《江雪》写于被贬永州担任司马的阶段。永州是现在的湖南省永州市,南部与两广地区交界,从气候条件来看,能有"千山鸟飞绝,万径人踪灭"的大雪是十分罕见的。柳宗元在《答韦中立论师道书》中写道:"前六七年,仆来南,二年冬,幸大雪逾岭,被南越中数州。数州之犬,皆苍黄吠噬狂走者累日,至无雪乃已。"由此可见,元和二年(公元807年),永州是下过一场大雪的。此时柳宗元已经被贬到永州两年有余,在经历了母亲病逝、一同被贬谪的同僚忧愤而死、自己的住所多次大火之后,柳宗元越发绝望无力,只能将心思放在诗文上,寄情山水。在这段时间里,除了写下《江雪》,柳宗元还游览了永州的各个景点,写下了《永州八记》,但无一例外,都带着清冷消极的味道。

关于柳宗元《江雪》的写作背景,有个不知真假的小故事。说柳宗元来到贬谪地之后精神萎靡,终日闭门谢客,自己饮酒吟诗来消磨时间,打发日子。无聊的时候,他就教自己的小书童识字作诗。小书童聪明伶俐,很快就学得像模像样——诗写得有些样子,字模仿柳宗元的字体达到了真假难辨的程度。

有一年冬天,地处南国的永州下起了大雪,天地苍茫,不见万物,生活在此的百姓没见过大雪,十分新鲜,柳宗元的上司也十分高兴,于是就找了一处赏雪的好地方,请文人墨客一起来温酒赏雪。喝过酒后,知府就让诸位文人各作一首赏雪诗助兴,并要求以"雪"字结尾,于是文人墨客们极尽溜须拍马之能事,对知府的德政大加吹捧,尽是些恬不知耻、趋炎附势的歪诗。柳宗元对此丝毫不感兴趣,只顾自己饮酒,等轮到他写诗时,已经醉得不轻,提笔写下"千山孤独"之后便不省人事。知府本来想要让文人们借此机会写些歌功颂德的文章流传后世,柳宗元却极不配合地写了四个字,所以知府十分不快,败兴而归。柳宗元的小书童察觉到知府不高兴,知道柳宗元又得罪了上司,他担心会有人借此诬陷柳宗元因为贬谪对朝廷不满,所以急忙去追知府,对知府说道:"启禀大人,我家老爷刚刚酒醒,想到了刚才未完成的诗稿,命小人把诗稿拿回去将诗补全。"知府就拿出柳宗元写了"千山孤独"的那张纸,没好气地说:"那可让他快点,我就在这里等他。"小书童拿回诗稿回来找柳宗元,却无论如何也叫不醒柳宗元,望着漫天的飞雪急得直流眼泪。这时他看到了驾着孤舟披着蓑笠在江上垂钓的渔夫,情急之下模仿柳宗元的笔迹在"千山孤独"下添上了诗句:"千山鸟飞绝,万径人踪灭。孤舟蓑笠翁,独钓寒江雪。"刚好是以"雪"字结尾,符合知府的要求。小书童长舒一口气,将诗稿交还给知府,知府看到诗作很满意,高兴地回家了。柳宗元这边直到傍晚才醒过来,听小书童说了这件事并背诵了诗之后十分高兴,对小书童说:"这是一首绝妙的寒江独钓图,你写得十分好。"这件事不见于正史记载,柳宗元的文章里也没有提到,所以真实度不高。但是,有后人附会,足见此诗的流传范围之广。

  初看起来,这首诗描写的是一幅一目了然的山水画,本来应该有飞鸟的山中没有了飞鸟,本来应该有人迹的道路上没有了人,都是因为大雪,前两句一个"雪"字都没有提,但是却写出了大雪之后安静空旷的景色,不可谓不妙。在这种广阔的背景之中,孑然出现的渔翁就显得更加孤独,映射了诗人当时内心深处的寂寞。

第四章

边塞战争苍凉:
羌笛何须怨杨柳,春风不度玉门关

边塞诗主要创作阶段是从盛唐到晚唐。在此期间，有大量的诗人加入到边塞诗的创作中来，如王之涣、王昌龄、王翰、高适、岑参、崔颢、常建等，这些诗人的作品内容相似，风格共通，因而在文学史上成为一个群落，史称"边塞诗派"。其中又以高适、岑参的传世作品最多，质量最高，因而又称"高岑诗派"。

唐朝疆域辽阔、国力强盛，开放的民族政策吸收各民族文化精华，这为边塞诗的发展提供了社会基础，同时政府会征调文人编入军队，负责掌管军队中文书、后勤等相关事务，给了文人一个亲身前往边塞的机会。在这种社会背景下，边塞诗的繁荣实属必然。

唐代边塞诗不仅数量可观，质量也堪称空前绝后。因为唐朝的发展经历了强盛、内乱、中兴、没落等历史阶段，体现在诗歌上，就造成了诗歌的感情基调不同、思想感悟不同、内容也有所不同。从初唐豪情壮志的立志报国到盛唐雄奇瑰丽的自然风光，再到中晚唐沉重悲痛的哀歌，给我们展现了一幅完整的唐代边疆的历史画卷。

"春风不度玉门关"中的"玉门关"在哪里?

"春风不度玉门关"出自唐代诗人王之涣的《凉州词》。全诗如下:

> 黄河远上白云间,一片孤城万仞山。
> 羌笛何须怨杨柳,春风不度玉门关。

这首诗写于何时已经无法考证,但是唐人薛用弱在《集异记》中记载的"旗亭画壁"的故事却十分有名。故事讲的是唐玄宗开元二十五年(公元737年),王之涣因遭人诽谤辞官赋闲,王昌龄有所升迁正春风得意,高适应征长安落第赋闲,三人在洛阳相遇。虽然他们的生活经历并不完全相似,却因为都在边疆军营生活过,同为边塞诗人,且创作过大量边塞诗篇,所以彼此倾慕,惺惺相惜,于是由王昌龄出面邀请三人在旗亭小酌。这时来了一批梨园弟子献艺,于是三人躲到角落中围着火炉一同观看。这时有四个漂亮的歌女登台,唱的都是当时流行的作品。三人觉得自己都有作品流传却并未一试高下,可以趁这个机会进行比试,看谁的作品被唱及次数最多。第一位歌女唱的是王昌龄的《芙蓉楼送辛渐》,第二位歌女唱的是高适的《哭单父梁九少府》,第三位唱的是王昌龄的《长信怨》。这时王之涣坐不住了,愤愤不平地说之前的歌女是"潦倒乐官",唱的都是"下里巴人之词",唱不了他的"阳春白雪之曲",然后指着最后一位歌女说:"如果这位歌女唱的还不是我的诗,那我就再也不与你们比试;如果她唱的是我的诗,那你们就要拜我为师!"果然最后一位歌女唱的是王之涣的《凉州词》。王之涣非常高兴,歌女们知道了这就是诗的作者,施礼下拜,并邀请三人一同宴饮。以上虽是小说家言,不足为信,但是近代国学大师、语言文字学家章太炎推《凉州词》为"绝句之最",而"春风不度玉门关"之句也流传甚广,可见并非过誉。

  唐代及后世的边塞诗中提到玉门关的作品不胜枚举,那玉门关又在何处,代表了什么,为何它如此受历代文人骚客的青睐呢?

  《汉书·地理志》中记载:"敦煌郡,武帝后元年分酒泉置……龙勒。有阳关、玉门关,皆都尉治。"这段话是说,玉门关位于敦煌龙勒县境内,现考证故址位于今甘肃敦煌西北小方盘城,因西域输入玉石时必须经过此关而得名,设立于西汉武帝时期张骞通西域之后。汉以后,便以阳关、玉门关为界,两关以西称为西域,而阳关、玉门关则是通往西域的必经之路,历史上一直是兵家必争之地和交通要塞,出关入关都要在此交换通关文牒,因此玉门关在政治层面上相当于今天的海关,其重要程度不言而喻。

除地理上的意义外,玉门关在文学上也有不可忽视的意义,这多半要归因于在初唐盛唐走向繁荣期的边塞诗。边塞风光和军旅生活是唐代诗歌中的重要题材,这与唐代强盛的国力和时代风貌息息相关。唐代文人很多都投笔从戎,求取军功以求入仕,而在参军之后亲眼见到与中原、江南不同的塞外风光,以及亲身经历了军中将士的生活后,难免豪气干云,非长歌一曲不能抒发心中激荡之情。这时,玉门关则以其无法取代的军事作用及地理位置成了边塞的象征。

中国古代诗歌讲究运用典故,即在诗文中引用有出处的人、事、地、物、词语、佳句等,用来表达诗人自己的感情。用典之后,作品会更加形象、含蓄、典雅,甚至可以在原来的基础上得到更深层的感悟。玉门关为历代边塞诗人所关注,也与典故有很大关系。

《后汉书·班超传》中记载,班超虽然出生于史家,却少有大志,投笔从戎,出使西域,多次出塞,平定西域,威震诸国,被封为定远侯,以军事家、外交家的身份永载史册。

班超前后在塞外三十余年，为国家民族鞠躬尽瘁，古稀之年思念故土，希望返回故乡养老，上书汉和帝请求告老还乡说："……臣不敢望到酒泉郡，但愿生入玉门关！臣老病衰困，冒死瞽言，谨遣子勇随献物入塞，及臣生在，令勇目见中土。"汉和帝读了这篇奏表大为感动，召班超回朝，拜为射声校尉。班超返回洛阳后不久便病重去世。于是"玉关人老"就用来借指久戍思归之情。而玉门关也因此拥有了故乡与边塞、安定与漂泊界线的含义。

还有一个典故出自《汉书·张骞李广利传》，说的是李广利初征大宛为汉武帝寻求良马，前后耗时两年有余，折损将士过万，却因为粮草供给不足无功而返。入关前，李广利派使者向汉武帝上书请求撤军，整顿军队后再征大宛。结果汉武帝大怒，派使者到玉门关拦截军队，并下旨凡有军人擅自进入玉门关者，格杀勿论。于是李广利只能在敦煌屯兵。这个故事让玉门关在中国文化中又多了一层成与败、生与死的界线，给玉门关增添了一层悲壮、苍凉的味道。

在这种历史和文化的大背景下，吟咏或赞叹玉门关就成了边塞诗的主要内容，玉门关也就逐渐成为一种文化符号。虽然许多诗人可能并未真正到过玉门关，但是他们可以通过描写玉门关来抒发自己对边塞的情感，于是玉门关成了诗人们表达情感的媒介。

在唐代描写边塞的作品中,玉门关通常有以下几种含义:

第一,利用玉门关的地理位置暗示气候环境恶劣,战事艰苦。

比如,岑参《玉门关盖将军歌》中的"玉门关城迥且孤,黄沙万里白草枯",极言边塞环境之恶劣,荒凉之景如在眼前;又比如,李白《关山月》中的"长风几万里,吹度玉门关",以"玉门关"来表达"遥远",豪气顿生。之前提到的王之涣的《凉州词》中的"羌笛何须怨杨柳,春风不度玉门关"更是直接表达了环境之恶劣和距离之遥远,连春风都无法吹到玉门关。

第二,利用"玉门关"这个意象表达戍边战士渴望回归故土的心情。

胡曾《咏史诗·玉门关》中写道:"西戎不敢过天山,定远功成白马闲。半夜帐中停烛坐,唯思生入玉门关。"这首七绝就运用了班超上书请辞的典故,表达了班超及所有戍边将士渴望早日平安回归故里的心愿。

第三,利用"玉门关"这个意象表达自己建功立业保家卫国的愿望。

戴叔伦的《塞上曲二首·其二》中写道:"汉家旌帜满阴山,不遣胡儿匹马还。愿得此身长报国,何须生入玉门关。"本诗再次用到班超的典故,却持否定态度。诗人认为班超不该也无须提出"生入玉门关",反而应当坚持战斗在边疆战场第一线,以必死的信念抗击胡兵,报国靖边。其义无反顾的爱国之情由此可见一斑。

第四,利用"玉门关"这个意象代指军队戍守之地,甚至塞外。

李白的《子夜吴歌·秋歌》中写道:"秋风吹不尽,总是玉关情。何日平胡虏,良人罢远征。"这里的"玉关"就不仅仅指玉门关,而是代指所有有军人戍守的边疆地区,而这里的"玉关情"也就代表了所有征人之妇对丈夫的思念之情。戎昱的《苦哉行五首·其五》中写道:"出户望北荒,迢迢玉门关。生人为死别,有去无时还。"此处的"玉门关"已经有关外塞外,甚至生死离别的意思了。

经过悠悠历史的沉淀,加上历代文人骚客的诗词歌赋,玉门关已经从最初汉武帝设立在中国西北古丝绸之路上的一个重要关隘,逐渐演变成了中国古典诗词中的一个十分重要的文化符号,曾经雄踞西北的古关隘已经随着历史的变动而废弃,悄无声息地消散在戈壁的风沙里,但是它却随着一代又一代文人的喜怒哀乐永远地留在了中华文化里。

"大漠孤烟直,长河落日圆"描绘的是怎样的塞外景色?

"大漠孤烟直,长河落日圆"出自王维的《使至塞上》。全诗如下:

单车欲问边,属国过居延。

征蓬出汉塞,归雁入胡天。

大漠孤烟直,长河落日圆。

萧关逢候骑,都护在燕然。

这首诗写于唐玄宗开元二十五年(公元737年)春,河西节度副使崔希逸在青涤西与吐蕃军血战并获胜。唐玄宗命王维以监察御史的身份前往凉州,出塞慰问军中将士,察访军情,同时任命王维为河西节度使判官,将王维排挤出政治中心。这次任命之后,王维度过了一年多的塞外军旅生活,写下了大量的边塞诗。这是一首纪行诗,诗人身负朝廷使命前往边塞，该诗即作于此次出塞途中，记述了这次出使途中所见所感。

该诗写成的时间在公元737年，其时尚在开元年间，正值盛唐开元盛世。唐朝国力强盛，开元年间尤甚，虽然西边有吐蕃日益强大，变成唐的心腹大患，北边有突厥复兴，东北有契丹崛起，都在唐王朝周边虎视眈眈，但是因为唐玄宗一直关注边防，开立屯田，以此充实防务，同时延续扩展祖制，设立了平卢、范阳、河东、朔方、陇右、河西、安西四镇、伊西北庭、剑南等九个节度使和一个岭南五府经略使，所以在开元五年（公元717年），收复陷于契丹二十一年之久的辽西十二州，漠北小国相继归顺。又因为实行开明的民族政策和开放的经济政策，使得唐朝能与西域各国友好往来，在经济、文化往来上频繁且深远。当时唐朝的声威远达西亚，各国使者和客商络绎不绝。正是在这种背景之下，文学史上的"盛唐"时期的作品普遍带有雄壮、浑厚的气质，王维自然也不例外。

王维写得一手好诗，同时工于书画，精通乐器，可以说是全才，因此他的不同艺术形式的作品往往有相通之处。这一特点使得他在"盛唐"这个文化艺术百花齐放的年代依然能够点染上自己浓墨重彩的一笔。这首五言律诗的颈联便是他可以将诗画合一的佐证。

王维出使塞外时正是春天,此时大雁北还,王维见到北归的大雁便自然而然地想到自己的身世处境,寓情于景,贴切自然。而后颈联描写塞外奇特壮丽的风光。这一联有两个画面。其一是"大漠孤烟直"。诗人此时置身于漫无边际的荒漠,没有山峦丘陵,没有花草树木,地上黄沙漫漫,天上也没有一丝云影,极目远眺,只看见远处有一缕烽烟升腾而上,给毫无生机的景色增添了一丝生气。《坤雅》中记载:"古之烟火,用狼烟,取其直而聚,虽风吹之不斜。"说明这"孤烟"正是狼烟,诗人已经身处边关塞外了。其二是"长河落日圆"。这时的诗人大概站在一个高地上,看到河道蜿蜒,延绵不绝,一直延伸到地平线,傍晚的落日低垂,仿佛缓缓地落到了河中,增添了河水吞吐日月的恢宏气势,从而使整个画面更显得雄奇瑰丽。虽然诗人只说了"圆",但是这景色读来却宛如亲见。王维以寥寥十字就写出了波澜壮阔、意境雄浑的塞外风光,同时把自己的孤寂情绪巧妙地融合在了对广阔自然景象的描绘中。

苏轼在《东坡题跋·书摩诘〈蓝田烟雨图〉》中评价王维的诗画时曾写道:"味摩诘之诗,诗中有画;观摩诘之画,画中有诗。"所谓"诗中有画"说的就是"大漠孤烟直,长河落日圆"两句。近现代著名学者王国维更是评价这两句为"千古壮观"。

除颈联在描写塞外风光时融合了自己的心情外，尾联中运用的典故也直接表达了王维想要为国建功立业的愿望。

"都护在燕然"中的"燕然"是古山名，是现在蒙古国境内的杭爱山。典故出自《后汉书·窦宪传》："……遂登燕然山，去塞三千余里，刻石勒功，纪汉威德，令班固作铭……"这段记载说的是东汉时期的名将窦宪在北征匈奴的时候，命令副校尉率领一万精兵在现在蒙古国杭爱山与北单于作战，大败单于。敌方军队溃不成军，单于逃走。窦宪、耿秉乘胜追击，深入瀚海沙漠三千里，在涿邪山（今蒙古国境内满达勒戈壁附近一带）会师，再度大败北匈奴，一直追到现在蒙古国的乌布苏诺尔湖。

这场战争一共斩杀了敌方将士一万三千多人，获马、牛、羊、驼百余万头，投降窦宪的人前前后后总共二十多万。窦宪、耿秉登燕然山，把这一功绩刻在距离边塞三千多里的燕然山上。于是，"燕然勒功"就有了"建立或成就功勋"的意思。北宋范仲淹的《渔家傲·秋思》中有"浊酒一杯家万里，燕然未勒归无计"的词句，表达的就是一种无法建立或成就功勋的愤懑之情。王维在尾联中提到"燕然"，除了用"燕然"泛指战争前线，还运用"燕然勒功"的典故来表达自己希望建功立业的想法。

整体来说，这首诗虽然有作者被排挤出朝廷的愤懑，却并不强烈，塞外雄壮的风景和盛唐豪放的气质使得作者并没有沉浸在自怨自艾的哀愁中。虽然王维晚年隐居在辋川，沉迷于山水田园，并成为山水田园派诗人中的中流砥柱，但是他早年的边塞诗却以朴实壮丽的景物描写名垂青史。

"醉卧沙场君莫笑"说的是诗人喝醉了吗?

"醉卧沙场君莫笑"出自王翰的《凉州词二首·其一》。全诗如下:

葡萄美酒夜光杯,欲饮琵琶马上催。

醉卧沙场君莫笑,古来征战几人回。

联系全诗看,"醉卧沙场君莫笑"并不是指诗人喝醉了,但它的具体含义则要放在整个历史背景中去解读。

《新唐书·礼乐志》中记载:"天宝乐曲,皆以边地为名,若凉州、伊州、甘州之类。"而唐代诗人的七绝多半是乐府歌词,王翰这首《凉州词》便是其中最有名的一首。

唐代的凉州,治所在今天的甘肃省武威市,属陇右道。唐玄宗爱好梨园戏曲,开元年间,陇右节度使为了取悦唐玄宗,搜集了一批西域的曲谱进献,教坊奉旨将这些曲谱翻译成中国曲谱,并配上新的唱词,且以曲谱产生的地名来命名曲调。《凉州词》就是按凉州地方乐调歌唱的凉州歌的唱词，并非诗的题目。虽然现在曲调已经亡佚，但是当初填词时为了配合曲调风格，导致现在流传下来的唱词普遍具有浓厚的地方色彩。

从初唐开始一直到开元盛世，唐的国力日益强盛，为了加强边防，开立屯田，设立节度使，但是边界上的各少数民族始终没有真正放弃对中原大地的觊觎和军事骚扰。除戍边将士之外，朝廷必须时常派军队前往边疆御敌。军队中最重要的官员是能够带兵打仗的武官，但是也需要一批文官随军，负责掌管文书、粮草等事务，这样就给了文人大量参军、随军前往边疆塞外的机会。而一直生活在中原江南的、看惯了陌头杨柳、习惯了浅斟低唱的文人，一旦来到关外，在塞外粗犷的风景中，与豪放的军人们一起生活，大口吃肉、大碗喝酒，被军人的豪情所感染，难免诗兴大发，因此在唐代尤其是初唐、盛唐，有大量文人创作了许多或悲凉、或雄壮的边塞诗。而《凉州词》因为源自战争前线凉州，甚至许多戍边军队便驻扎在此，并且可以配乐而歌，因此在军队中也能流传开来，且很受文人青睐。除王翰外，王昌龄、王之涣、高适、岑参等诗人也都有《凉州词》传世，这些作品都给唐代诗坛带来了无比振奋的新气象。

王翰本人少有才名，豪放不羁，这种不羁使他的作品有一种快意恩仇的情感,却也使得他的仕途变得坎坷。王翰进士及第后并未受到重用,直到开元年间在宰相张说的引荐下才入朝为官,不久就以驾部员外郎的身份前往西北前线。驾部主要掌管车舆、牛马厩牧等事宜,员外郎则是个副职,基本是由文职人员担任,因此王翰的工作并不是很多,还有时间写诗。

  结合以上背景来看,王翰只是随军的文官,只需要奔赴前线,并不用真正的上疆场杀敌,所以这首诗并不是以王翰自己的视角写就,而是以某位即将奔赴战场的将军的身份所作。自古以来,但凡人们选择了上战场,就都做好了有去无回的准备。戍边的战士在艰苦的环境中过着紧张动荡的生活。临战之前,将士们在帐内宴饮,这是一次出征前的盛大酒宴,名贵的夜光杯里倒满了西域的葡萄酒,酒香四溢,还没有喝就好像觉得自己已经喝醉了。然而就在将士们正要举杯开怀痛饮之时,突然听到了催人出征的琵琶声,激越的琵琶声仿佛进军的号角,将战前的酒宴本不轻松的气氛渲染得更加紧张。之前的欢宴好像戛然而止,变得有些沉重,将军仿佛已经有了醉意,还在举杯劝饮,他对一同宴饮的将士们说:"如果此次出征我醉倒在了战场上,也请你们不要取笑我,自古以来,前往战场的人又有几个能平安归来。"

  诗中末句"古来征战几人回"极言战争之残酷。《唐诗别裁集》说此诗"故作豪放之词,然悲感已极"。戍守边疆的将士们远离故乡,每时每刻都面临着一场突如其来的战争,每一场豪华的酒宴都有可能是自己的送行酒,然而他们为了自己的民族,为了自己的国家都早已将生死置之度外,哪怕明明知道"古来征战几人回"也要前往沙场,军人的大义凛然跃然纸上。与其说这是失去希望的悲叹,不如说是一种苦中作乐的玩笑。清代诗人施补华在《岘佣说诗》中评价结尾这两句时说:"作悲伤语读便浅,作谐谑语读便妙。"诗人以豪迈旷达之笔,将战争第一线的将士的苦中作乐之语写出了一种视死如归的悲壮情绪,"盛唐气象"可见一斑。

时至今日,王翰的生平多半已经湮没在历史中,王翰的十卷诗文也多佚散,只留下《全唐诗》中的十四首,但是"醉卧沙场君莫笑,古来征战几人回"在后人口中、诗文中仍然流传,这便足以证明他的才名。明代文学家王世懋在《艺圃撷馀》中说:"必欲压卷,还当于王翰'葡萄美酒'、王之涣'黄河远上'二诗求之。"

"不破楼兰终不还"中的"楼兰"是哪里?

"不破楼兰终不还"出自王昌龄的《从军行七首·其四》。全诗如下:

青海长云暗雪山,孤城遥望玉门关。

黄沙百战穿金甲,不破楼兰终不还。

楼兰是中国魏晋及前凉时期的西域三十六国之一,与敦煌相邻,位于新疆巴音郭楞蒙古自治州若羌县北境、罗布泊的西北角、孔雀河道南岸的七千米处,1900年3月被瑞典探险家斯文·赫定发现,因遗址中出土的汉文文书上用"楼兰"称呼该城而得名。中国典籍里关于楼兰的最早记载见于《史记·大宛列传》:"楼兰、姑师邑有城郭,临盐泽。"这里提到的"盐泽"就是现在的罗布泊。东汉史学家班固撰写的《汉书·西域传》中记载,楼兰王国当时有一千五百余户人家,共一万四千余人,定都扞泥城(今新疆若羌附近)。

西汉昭帝时，楼兰归顺汉王朝，改国名为鄯善，汉昭帝便在伊循城设置都尉，开立屯田。于是，楼兰成为中央政府控制西域的战略要塞。东汉时，楼兰依然是丝绸之路上的重镇，出敦煌后，前往西域的丝绸之路有南线和北线两条路，这两条路便是在楼兰分道。东汉政府在楼兰大规模屯田，开发楼兰。此后一直到魏晋总共几百年的时间里，楼兰一直是内地通往西域的重要交通枢纽。等到东晋高僧法显西行，路过此地后，在《佛国记》中写道："其地崎岖薄瘠，俗人衣服粗与汉地同。"由此可见，这时楼兰的自然环境已经相当恶劣了。据《魏书·西域传》中关于鄯善国的记载来看，从公元422年后，鄯善国的百姓为了追寻水源逐渐向南迁移，此后在汉文史籍中，便对楼兰国鲜有记述。终于，在辉煌了将近五百年后，楼兰这座丝绸之路上的重镇，突然销声匿迹。

关于楼兰古国消失的原因，史学界至今没有定论。目前来看，受到支持最多的原因是楼兰因为气候地理条件改变导致缺水，举国弃城迁移。据《水经注》记载，东汉以后，因为塔里木河中游的注滨河改道，导致楼兰严重缺水，虽然楼兰人一直试图将水引入楼兰城，并且努力疏浚河道，却一直未能成功，最终弃城远走。

到唐代诗人王昌龄写《从军行》时，楼兰古国早已不复存在，那他这首诗中的"楼兰"又是指的什么呢？这要从

《汉书》中的一个故事说起。

西汉时楼兰地理位置重要,被夹在汉与匈奴之间,但是国力有限,为了自身的安全,楼兰国时常在汉与匈奴之间摇摆不定。博望侯张骞出使西域后归来,开辟了汉与西域通商的丝绸之路,各国之间往来的使者、客商都会经过楼兰,但是楼兰却依附匈奴,截杀汉使,妨碍汉王朝对外的经济文化交流。汉武帝便派兵征讨楼兰,俘虏楼兰王。楼兰降汉,但是又受到匈奴的骚扰,于是给汉和匈奴都留了质子,同时向两面称臣。楼兰王死后,留在匈奴的质子安归回国接任了王位,投靠匈奴,继续劫杀汉使,给汉和西域诸国之间的交通往来造成了极大的麻烦,成了汉王朝的心腹大患。

西汉昭帝元凤年间,傅介子奉命拿着昭帝的诏书前往西域谴责楼兰、龟兹的国王,两国国王先后服罪,又在龟兹斩杀匈奴使者。但是汉使被劫杀的状况并没有从根源上改善,后来傅介子献计给大将军霍光:"我这次出使楼兰、龟兹,发现他们的国王平时说话交谈时都不会距离太远,我可以趁这个机会刺杀两国国王,以此在西域立威。"霍光思考后觉得可行,对傅介子说:"龟兹太远,你就先去楼兰实行这个计划吧。"霍光将此上奏汉昭帝,于是傅介子再度前往楼兰刺杀楼兰王。

这次傅介子带着金银钱帛来到楼兰,楼兰王却不想接见他。于是，傅介子派译官对楼兰王说："我带来了汉朝的黄金和丝绸，要替天子赏赐各个国家，楼兰王既然不方便见我，那我就去赏赐别的国家了。"楼兰王贪图汉朝财物，于是设宴会见傅介子。醉酒后傅介子对楼兰王说："汉朝天子要我跟您密谈几件事，请借一步说话。"于是楼兰王屏退左右，与傅介子来到内室，傅介子借此机会与两名壮士成功刺杀了楼兰王安归。楼兰贵族官员见状四散奔逃，傅介子向他们传达汉昭帝谕令："楼兰王背弃汉朝，天子派我来诛杀他，现在应当改立在汉朝的王弟尉屠耆为王。汉朝的军队马上就能赶到，如果你们轻举妄动，那就是自己招来灭国之灾！"然后，傅介子斩下楼兰王安归的首级返回中原复命，被封为义阳侯。

到唐代时，吐蕃一直是唐王朝西部的边疆大患。"黄沙百战穿金甲，不破楼兰终不还"两句中的"破楼兰"就是借用了傅介子斩楼兰王的典故。"楼兰"在这里用来借指吐蕃和突厥贵族的当权者。诗中所写的将士豪情壮志，慷慨陈词，无论战争有多激烈，环境有多恶劣，也要像西汉傅介子那样为国效力、靖边平乱，这是戍边将士在深刻地意识到战争的艰苦卓绝之后所发出的更坚定、更深沉的誓言，因此使人倍感诗境阔大，悲壮苍凉。

此后，"楼兰"也经常被文人写到诗文中，用来代指敌方统帅或者敌人。比如，唐人李白的《塞下曲·五月天山雪》

中有:"愿将腰下剑,直为斩楼兰。"运用"斩楼兰"的典故来表达自己甘愿投身疆场,为国杀敌的雄心壮志。又比如,宋人张元幹的《贺新郎·寄李伯纪丞相》中有"要斩楼兰三尺剑,遗恨琵琶旧语"之句,化用李白的诗句,用"楼兰"代指金的统治者,以此来表达自己坚定抗金的志向。

楼兰国虽然于公元5世纪就在中国的版图上消失了,但它对考古学、史学和文学的影响却十分深远。"楼兰"在中国诗词文化中演变成为一种特定的文化符号,尽管它已销声匿迹了,却在之后的一千五百多年里默默地证明着自己曾经存在过。

"千树万树梨花开"写的真是梨花吗？

"千树万树梨花开"出自岑参的《白雪歌送武判官归京》。全诗如下：

北风卷地白草折，胡天八月即飞雪。
忽如一夜春风来，千树万树梨花开。
散入珠帘湿罗幕，狐裘不暖锦衾薄。
将军角弓不得控，都护铁衣冷难着。
瀚海阑干百丈冰，愁云惨淡万里凝。
中军置酒饮归客，胡琴琵琶与羌笛。
纷纷暮雪下辕门，风掣红旗冻不翻。
轮台东门送君去，去时雪满天山路。
山回路转不见君，雪上空留马行处。

这是一首七言歌行，写的是塞外雪景，所以"千树万树梨花开"写的并不是真的梨花，而是堆积在树枝上的白雪。

岑参是唐代诗人，工诗，尤擅七言歌行，这首《白雪歌送武判官归京》就是他的代表作。他的边塞诗作品极多，其中边塞风光、军旅生活和少数民族的文化风俗占了很大一部分，作品风格与高适相近，被后人并称为"高岑"。

岑参主要活动在天宝年间，此时唐朝已经由盛转衰，不复盛唐气象。随着国力衰颓，西北边疆一带少数民族频频对唐王朝进行军事骚扰。在这种环境下，岑参怀着到塞外建功立业的志向，先后两度出塞，前后在边疆军队中生活了六年。因为对漂泊无依的征战生活与冰天雪地的塞外风光有长期的观察与体会，所以他的作品在写景抒情时更加真实自然。

岑参早年的仕途并不算顺利，进士及第后并未得到重用。天宝八年（公元749年），岑参被调到安西四镇，担任安西四镇节度使僚属书记。这是岑参第一次出塞，虽然怀有一腔报国热情，却依然未能得到重用。天宝十年（公元751年），岑参返回京城长安，这一年正值李白赋闲游历客居长安、杜甫因文章受到唐玄宗赏识在长安等候分配、高适北使青夷军归来，四人互相仰慕才名，成为好友，一同饮酒作诗，切磋诗文。从中，岑参深受启迪。天宝十三年（公元754年），岑参又被调往西北，担任安西北庭节度使判官，再度出塞。这次岑参在塞外军中生活了四年，很受安西北庭节度使封常青的器重，他的大多数边塞诗篇也写成在这次出塞期间。直到天宝十四年（公元755年），"安史之乱"爆发，岑参返回关内，被杜甫推荐为右补阙，却因为直言劝谏被一贬再贬，最终罢官，客死异乡。

《白雪歌送武判官归京》是岑参第二次出塞时的作品，武判官就是岑参的前一任节度使判官，这首诗就是武判官卸任回京时送别他的作品。在苦寒的西北边疆，八月就已经刮起了凛冽的北风，漫天飘雪。早上出门看到外面的树枝上已经堆满了积雪，仿佛一夜之间春天来临，满树的梨花竞相开放。雪花飘进屋里，融化在帷幕上，冷风吹进屋里，狐裘锦被都难以御寒。兽角做的弓冻得无法拉开，战士的铠甲也冰冷得无法穿着。沙漠里百丈厚的坚冰纵横交错，天空黯淡无光，云朵就像诗人的离愁别绪一样浓厚。将士们在主帅的帐中置酒为即将回京的武判官送别，席间用西域特有的乐器演奏西域的曲子。天色渐渐暗下去，雪还没有停，红旗已经被风雪冻住不再随风飘动。在轮台的东门送别武判官，临行的时候白雪已经铺满天地。山路曲折，转眼之间就已经看不到人，只留下了雪上的马蹄印。

岑参用浪漫奇妙的想象和极度的夸张描写了西北边疆的气候环境，生动形象，再现了边境地区瑰丽的自然风光，充满了浓郁的生活气息。其中"忽如一夜春风来，千树万树梨花开"用梨花比喻积雪，创意非凡，成为咏雪的千古名句。

岑参的边塞诗一直以雄奇瑰丽著称，虽然他一生都没有担任过要职，但是他的浪漫豪情让他的诗作充满了积极的情感。杜甫在《渼陂行》中评价岑参说："岑参兄弟皆好奇。"除了"千树万树梨花开"之外，岑参的诗作中还有许多夸张奇特的描写，即使是描写塞外恶劣的环境，也写得大气磅礴，让人看得豪气顿生。比如，《走马川行奉送封大夫出师西征》中描写塞外的大风："轮台九月风夜吼，一川碎石大如斗，随风满地石乱走。"描写塞上严寒："马毛带雪汗气蒸，五花连钱旋作冰，幕中草檄砚水凝。"要是描写戍边将士的情怀，那就更加具有感染力。比如，《轮台歌奉送封大夫出师西征》中描写军威："上将拥旄西出征，平明吹笛大军行。四边伐鼓雪海涌，三军大呼阴山动。"

　　在岑参之前，文人的边塞诗佳作也很多，风格有的雄壮、有的悲凉。在这种情况下，岑参另辟蹊径、独树一帜，以雄奇瑰丽的诗风成为盛唐边塞诗派的领袖人物，影响了后世一代又一代的文人墨客。

"请君暂上凌烟阁"中的"凌烟阁"是什么地方?

"请君暂上凌烟阁"出自李贺的《南园十三首·其五》。全诗如下:

男儿何不带吴钩,收取关山五十州。
请君暂上凌烟阁,若个书生万户侯?

凌烟阁本来是唐朝皇宫里三清殿旁边的一个不起眼的小楼。唐太宗李世民在"玄武门之变"后即位,开创了"贞观之治",使唐朝由初唐步入盛唐。贞观十七年(公元643年)二月,李世民为了感谢并怀念当初一起打天下,而如今垂垂老矣,甚至辞世的功臣们,命阎立本在凌烟阁画了真人大小的二十四功臣像,并让褚遂良题字。画成后李世民经常在此怀念旧人,回忆当年一同打天下的战斗情谊。太宗之后,中宗、肃宗、代宗、德宗、宣宗、昭宗都曾经对凌烟阁中的人物画像有所增补。到唐亡时，共计一百三十二幅画像，除去重复画像，也有一百人左右。于是，画像进入凌烟阁就成了一种荣誉，是被统治者认可为功臣的象征，而"凌烟阁"也就成了唐代及之后的文人诗文中"建功立业""功成名就"的象征。

被唐太宗列入凌烟阁中的功臣，不管是"玄武门之变"前因为党争成为李世民死对头的臣子，还是"玄武门之变"后叛变的臣子，李世民对他们都是非常尊重，并且有感情的。刘肃在《大唐新语·褒锡》中记载，位列凌烟阁二十四功臣之一的侯君集因为灭掉高昌后私自将没有罪的人发配，并且私吞高昌财宝，班师回朝后被告发下狱。侯君集认为自己远征高昌有功却被囚禁，感到十分不快，怨怼在心，劝说同为凌烟阁二十四功臣的张亮一同造反。张亮将此事告诉唐太宗，唐太宗却说："你们都是国家的有功之臣，现在他只把这件事告诉了你，如果我把侯君集叫来对证，他一定不会承认，这样我该相信谁呢？"于是此事不了了之。但是几年后，侯君集又与太子李承乾策划谋反，事情败露，唐太宗不希望别人污蔑侯君集，因而亲自审理，但是证据确凿，于是唐太宗召集文武百官为侯君集求情："侯君集对国家而言是有功之人，现在他犯了法，我希望能看在之前他的功绩上饶他一命，诸位能答应吗？"但是群臣均表示谋反之罪天地不容，唐太宗只能将侯君集处死。临刑前,唐太宗与侯君集诀别,哭着对他说:"吾为卿不复上凌烟阁矣!"

诗的作者李贺提到"凌烟阁",借此来表达自己希望建功立业的愿望。李贺少有才名,受到韩愈的赏识,却因名声过大而受到小人的妒忌,说李贺的父亲名"晋肃",参加进士考试就是犯忌讳。虽然韩愈为了替李贺辩解写了著名的《讳辩》,"质之于律""稽之于典",但终无可奈何。因为李贺是李唐宗室的后裔,又有韩愈极力推荐,勉强做了个小官,却因为一生没能进士及第而仕途受限,受尽打压。后来因妻子患病离世,李贺忧郁更甚,遂辞官回到福昌昌谷,在家乡的南园闲居。《南园十三首》这组杂诗就写在这个时期。

"男儿何不带吴钩"中的"吴钩",指的是春秋时期流行的一种刀刃为曲线型的弯刀,是由吴王阖闾下令制造的,锋利无比,是冷兵器里的典范。《吴越春秋·阖闾内传》中记载:"吴作钩者甚众。""吴钩"后来泛指锋利的刀剑,被历代文人写入诗篇,超越了它本身刀剑的含义,成为驰骋疆场、励志报国的象征,甚至上升为一种骁勇善战、顽强刚毅的精神符号。比如,李白的《侠客行》中有"赵客缦胡缨,吴钩霜雪明",杜甫的《后出塞五首·其一》中有"少年别有赠,含笑看吴钩",辛弃疾的《水龙吟·登建康赏心亭》中有"把吴钩看了,栏杆拍遍,无人会,登临意"等等。

李贺少年时以诗名闻名，文人出身，却因为"避父讳"这样荒唐的原因不能以才学致仕，于是只能考虑求取军功，但他一介书生，想要在边疆建功立业谈何容易，于是有了"请君暂上凌烟阁，若个书生万户侯"的质问。这句话的意思是说，自古封侯拜相，功绩卓著到可以列于凌烟阁之中的人，哪一个是书生出身呢？这样的反问句，强调了投笔从戎的必要性，结合李贺一生的经历来看，牢骚的意味更加浓重。

也许是因为李贺的仕途坎坷，他的诗作以空灵诡异著称，被后人称为"诗鬼"。相传李贺写诗从来不急着写标题，总是先在生活中随时记录自己的灵感。他经常骑着劣马，带着书童到处转，边走边想，灵感来了就拿出纸笔记下来，放到一个布袋里，等晚上回到家中再拿出来整理。一回到家，他经常连饭也来不及吃，就沉浸在自己的小纸条里，把纸条上的断章残句写成一首首脍炙人口的诗作。他的母亲看到这种情况，十分心疼地说："我的这个宝贝儿子写作非要写到吐出自己的心、滴出自己的血来才肯罢休啊！"可以说，韩愈说他"刳肝以为纸，沥血以书辞"毫不为过。

在李贺如此呕心沥血、废寝忘食的创作下，他写出了很多传世名作和名句。比如，"大漠沙如雪，燕山月似钩"（《马》），"黑云压城城欲摧，甲光向日金鳞开"（《雁门太守行》），"衰兰送客咸阳道，天若有情天亦老"（《金铜仙人辞汉歌》),"我有迷魂招不得,雄鸡一声天下白"(《致酒行》)等等,都一再被后人传颂或者化用。虽然李贺英年早逝,没有封侯拜相,也没有实现自己"收取关山五十州"的愿望,但是他的文章却流传至今,在"元白""张王"两派乐府之外独树一帜,影响了晚唐和宋元明清的一大批文人。

第五章

浪漫自由追求：
举杯邀明月，对影成三人

中国的浪漫主义诗歌最早可以追溯到屈原的《离骚》。经过两汉和南北朝的孕化，诗歌在盛唐时期发展到了巅峰。大唐盛世，名家辈出，诗歌成了人们最广泛的文化传播形式，出现了"诗仙"李白、"诗圣"杜甫这样的大家。李白气挟风雷的浪漫诗风里，既有"天生我材必有用，千金散尽还复来"的自信，又有"举杯邀明月，对影成三人"的浪漫情怀。他和屈原并称中国古典浪漫诗派两昆仑，无人能及。

两宋时期，文人在唐五代小令基础上演为许多中调和长调，形成曲折动宕、情景紧密交融的宋词。宋词以它行云流水的姿态，高旷典雅的抒情，呈现出姹紫嫣红的派别。不论文辞豪放、婉约、朦胧、浪漫，都各以其不同的题材和风格为古代诗歌增添了浪漫主义的流彩华章。

为什么说"今人不见古时月,今月曾经照古人"?

"今人不见古时月,今月曾经照古人"出自唐朝诗人李白的《把酒问月·故人贾淳令予问之》。这句话的意思是说,今人看不到古时候的月亮,但今天的月亮却在过去见证了古人的一切事情。

李白喝酒写诗时写得最多的题材就是关于月亮的,不是"月下独酌",就是"把酒问月",还有就是"人生得意须尽欢,莫使金樽空对月"。在李白的所有诗篇中,咏月竟然高达300多处,足见他对月的酷爱程度。

在李白心里,只有明月才算得上是知己,他只要寂寞了,就会跟明月聊聊天,探讨一下人生感悟。实际上,这也是李白对生命的思索和追寻。

李白少年就"仗剑去国,辞亲远游",从蜀地出发途经三峡、江陵、岳阳、金陵、姑苏、长安……一生浪迹江湖,整夜以月为伴，写出了大量赞美名山大川的壮丽诗篇。他的诗想象丰富，意境奇妙，无处不透着浪漫主义的色彩。后人常说李白的孤独是曲高和寡，旷世无知音的寂寞。但是，这种深入骨髓的孤独不是一般人能够理解的。或许，正是那份孤独才让他铸写出了那么多的千古名句。

李白从小就酷爱月亮，在其家乡四川江油有座月爱寺，寺外泉井取名"七星井"。据说每当夜晚，井中便会呈现出"七星伴月"的奇景。一天，李白途经月爱寺，晚上在寺内挑灯夜读，半夜墨汁用完了，便去寺外取水来研磨，此时皓月正当空，寺外有一处地方闪着银光，他便好奇地走了过去，看到井里倒映着一轮明月，周围有七颗明亮的星星，星月交辉。这使李白诗兴大发，脱口而出："玉蟾离海上。云畔风生爪，沙头水浸眉。乐哉弦管客，愁杀战征儿。因绝西园赏，临风一咏诗。"从此，李白便经常来爱月寺赏月。

在南京夫子庙前，有一座文德桥。老人们都说，等冬月十五月亮正当头的时候，站在桥头朝水面上看，水面上的月亮正好能分成两半。月亮怎么会分成两半呢？这却和"诗仙"有关。传说李白去金陵（今江苏南京）文德桥旁边的一座酒楼吃饭，这天碰巧是冬月十五满月之际。到了晚上，李白一人独自坐在酒楼上一边喝酒赏月，一边吟诗作赋。他抬头看着天上的明月，在碧海青天上像个美丽的仙子，心里很高兴，就多喝了几杯。那时夜已经深了，李白独自走到文德桥上，一低头，竟然发现月亮掉在水里了，河水波纹漫过来，洁白的月亮上突然出现了几条黑纹。他当时喝得醉醺醺的，以为河水把月亮弄脏了，顾不得脱靴子，就跳下去捞月亮。月亮没捞到，他却把水里的月亮打碎了，使月亮裂成了两半。故事就这样慢慢流传了下来，后人在文德桥旁边修了个"得月台"，以此来纪念李白。

相传，李白的生死都和月亮有关。当年李白的母亲梦见长庚星入怀，于是生下李白。关于李白的死，众说纷纭，其中就有溺死一说：李白杀了一个贪官之后，就到外地游山玩水。一天晚上，他独自划着小船，乘着月色，边饮酒边欣赏江边的美景，引起了思乡之情。酒入愁肠愁更愁，他心想自己已经得罪权贵，又杀了人，万一被他们找到怎么办啊？于是李白又喝了很多酒，不知不觉间就喝得酩酊大醉了。这时，他又想捞水里的月亮，不料一下子栽到江水里淹死了。

一生孤独、怀才不遇的李白，只有在追寻月亮的时候才觉得轻松自在。所以，后人传说李白捉月亮，其实并不是凭空想象。闻一多先生根据"江中捉月"的民间传说，写了一首哀怨动人的诗歌——《李白之死》。诗中提到，李白之所以死，是追寻明月去了。虽然这都是传说，但只有这种辞世方式才符合具有浪漫性格的李白，也更容易让后人接受。

正如陶渊明爱菊，陆游喜欢梅花，而李白一生挚爱的却是当空中的那一轮明月。李白笔下的月亮千姿百态，这也让李白的诗更有意境。月亮的清纯和圣洁，也可以说是诗人性格高尚的现实写照。"今人不见古时月，今月曾经照古人。古人今人若流水，共看明月皆如此。"这几句诗和月亮一起，在李白的生命里垂辉千古。月亮因为李白的诗变得更飘逸了，而李白却因为月亮变得更加传奇。

"人生得意须尽欢"尽的是什么欢?

"人生得意须尽欢,莫使金樽空对月"出自李白的巅峰之作《将进酒》。这句话的意思是说,人活在这个世界上就要尽情地享乐,不要一味地自斟自饮,好酒要和朋友们共同分享,也只有在朋友们的觥筹交错之中,你才能真正享受到生活的快乐。

公元730年,即唐玄宗开元十八年,这一年李白三十岁了。他一直在外游历,踏遍了祖国的大江南北,也结识了很多文人豪杰。但李白心中一直有兼济天下的梦想,希望能为天下苍生尽一份力。这一年他第一次来到长安,希望能为朝廷分忧,为百姓做事。这次长安之行,李白还结识了诗人贺知章。有一次,李白去紫极宫,正巧贺知章也在。李白早就读过贺知章的诗,于是欣喜地前去拜见。两人惺惺相惜,贺知章兴奋地解下衣袋上的金龟拿出去换酒请李白畅饮。李白则把自己的诗给贺知章看，贺知章看了之后非常喜欢《蜀道难》和《乌栖曲》，并为李白诗中所表现的那种洒脱所折服，竟然问："你是不是天上的太白金星下凡到了人间啊？"从此，李白就有了"谪仙人"的称号。

但是李白的仕途却没有起色，他在给张卿的诗中陈述自己现在很苦，希望引荐，又去拜见其他王公大臣，但是一直没有消息。一年过去了，李白客居长安，穷困潦倒，开始自暴自弃，与长安城的市井无赖交往频繁。不久后，他便离开了长安。直到唐玄宗天宝元年（公元742年），李白已经四十二岁时，才由贺知章等人推荐，被唐玄宗招进京，当上了供奉翰林。

据说，唐玄宗看了李白的诗，对他很是赞赏。翰林的职责是草拟文告，服侍皇帝左右。李白才思敏捷，文采华丽，唐玄宗每次有宴会或者出去玩都带着他，对他非常宠信，但是那时候大唐盛世已经不在了，朝廷上下一片腐败。唐玄宗宠信杨贵妃，已经不勤于朝政了。李白对此很是看不惯。

有一次，唐玄宗和杨贵妃赏牡丹，让李龟年叫李白来填词，可是李白和朋友在酒楼里已经喝得烂醉如泥，李龟年把李白泼醒架进了宫中。在半醉半醒的状态下，李白写了三首《清平调》：其一，云想衣裳花想容，春风拂槛露华浓。若非群玉山头见，会向瑶台月下逢。其二，一枝红艳露凝香，云雨巫山枉断肠。借问汉宫谁得似？可怜飞燕倚新妆。其三，名花倾国两相欢，长得君王带笑看。解释春风无限恨，沉香亭北倚阑干。唐玄宗见此词不错，十分高兴，便让李白再写十首五言律诗。李白借醉对唐玄宗说："请陛下让杨国忠给我磨墨，高力士给我把靴子脱掉！"杨国忠是杨贵妃的亲哥哥，高力士是唐玄宗最信任的太监，李白这样做，根本就是在为自己树敌。唐玄宗正在兴头上，就让他们去给李白脱靴、磨墨。李白脱了靴子坐下，文思如泉涌，写了十首《宫中行乐词》。高力士和杨国忠对李白不满，找机会对杨贵妃说："《清平调》里有'借问汉宫谁得似？可怜飞燕倚新妆'，那不是把您比作赵飞燕了？"杨贵妃从此便阻挠皇帝再重用李白，李白渐渐被皇帝疏远了。李白觉得自己只给皇帝当个取乐的翰林没什么意思，便辞去官职离开长安，从此游历天下。

李白开始了浪迹江湖的新生活。他遍交好友，去河南洛阳认识了杜甫，又去了济南、扬州、金陵等地，写这首《将进酒》的时候，李白已经离开长安八年之久。在江淮时，李白经常与好友岑勋和元丹丘登高望远，饮酒赋诗。一天，好友岑勋邀他去颍阳山居做客，三人借酒放歌，席间李白想起了自己的遭遇，不禁感叹时光流逝，功业无成，于是吟出了这首千古绝唱："君不见，黄河之水天上来，奔流到海不复回。君不见，高堂明镜悲白发，朝如青丝暮成雪。人生得意须尽欢,莫使金樽空对月。天生我材必有用,千金散尽还复来。烹羊宰牛且为乐,会须一饮三百杯。岑夫子,丹丘生,将进酒,杯莫停。与君歌一曲,请君为我倾耳听。钟鼓馔玉不足贵,但愿长醉不复醒。古来圣贤皆寂寞,惟有饮者留其名。陈王昔时宴平乐,斗酒十千恣欢谑。主人何为言少钱,径须沽取对君酌。五花马,千金裘,呼儿将出换美酒,与尔同销万古愁。"

人们常感叹"人生苦短,瞬息百年",再看"谪仙人"李白才情万丈却又怀才不遇,朝暮间满头青丝白雪,人的生命何其短暂,要怎么排解忧愁呢?唯有杯中美酒。无力改变什么,只有悲伤和及时行乐的发泄,最后归结为"与尔同销万古愁"。这和李白在另一首诗中"世间行乐亦如此,古来万事东流水。别君去兮何时还?且放白鹿青崖间。须行即骑访名山"的表达是异曲同工的豪放之举。豪情挥洒于诗篇中,如江河万里、纵横捭阖,真是"读李(白)诗者于雄快之中,得其深远宕逸之神"。

"陌上花开,可缓缓归矣"是最浪漫的情书?

古人因为交通不便只能靠书信往来,于是便有了很多"鸿雁传书""鱼传尺素""驿寄梅花"的典故,同时也出现了很多浪漫温馨的情书。其中,"陌上花开,可缓缓归矣"就是最浪漫的情书。

写这封情书的人名叫钱镠,是唐末五代十国时期吴越国的开国君主。他的名字或许很多人都没听说过,作为一国之君,他确实没有唐太宗那样出名。但是,提到历史上最浪漫的君王,很多人都会想起他。

事情是这样的,相传钱镠的发妻吴王妃原来是横溪郎碧村的一个农家女儿,出嫁前就是乡里有名的贤淑闺秀,嫁给钱镠后,跟着他到处征战,过着担惊受怕、颠沛流离的生活。

后来,吴王妃虽然成了一国之母,对家乡却念念不忘。她年少时背井离乡,一直十分想念家乡和父母,虽然已是吴王妃，她还是要在每年岁末回娘家住一段时间，陪伴和侍奉双亲，直到来年开春再回来。钱镠是个性情豪爽的人，和妻子的感情非常好，每次妻子回娘家，他都非常想念。如果妻子待的时间有点长，他就会写信给妻子以解相思之苦。那时候，临安（今杭州）到横溪郎碧村要翻过一座山岭，山岭的一边是很陡的山崖，另一边是溪流，他怕妻子的车轿经过时不安全，就专门拨了银子，让人去修路，路边还加设了栏杆。

有一次，吴王妃又回娘家了，钱镠在临安处理政事，累了便出宫走走。他看见西湖的花都开了，姹紫嫣红，杨柳依依，春色将老。想到吴王妃回娘家好久了，心里很是想她，便给她写了一封信，其中一句"陌上花开，可缓缓归矣"情深意重。意思是说，春光明媚，田间阡陌上的花都开了，你也可以慢慢地赏景回来了。别着急赶路，累了就在树下休息，看看周围的绿意，慢慢欣赏路边的各色小花。吴王妃看到信后，心里顿觉暖意融融。这浪漫的事情也慢慢传开来，后来还被编成《陌上花》的山歌在民间传唱。清代学者王士祯深感此句绝妙，说："'陌上花开，可缓缓归矣'二语艳称千古。"

很难想象，写出如此深沉、内敛情书的皇帝，却没有读过多少书。钱镠出身贫寒，出生时窗外有兵马声，且有红光突现，而且他还长得奇丑无比，父亲就认为这是个不祥的孩子,想把他扔到井里淹死。他的祖母不舍,阻拦下来,所以他便有了"婆留"这个小名。钱镠自幼习武,少年时以贩盐为生,后来投靠义军,维护唐朝,经过多年鞍马厮杀,终成一方诸侯。

钱镠对西湖的治理和保护做出了巨大贡献。当时,有个术士告诉他,吴越国有百年的运势,要是想改变国运,让它能够一直昌盛下去,就要把西湖填平。因为那样能增加十倍的运势。钱镠却没有听从那名术士的建议,说老百姓用西湖的水来浇灌庄稼,如果西湖填平了,老百姓们岂不是就没了生路,再说江山哪有千年不换的?后来吴越国果真在百年后被灭了国。任何事物的发展都有一定的规律,要想永恒不灭是不可能的。所以,吴越国也不可能存在千年。如果那时候钱镠听信谗言,填平了西湖,他必将成为历史罪人,招来千古骂名。如果他真的填平了西湖,那后人还到哪里去看断桥残雪、苏堤春晓、平湖秋月……?又到哪里去听《白蛇传》的凄美爱情故事呢?

钱镠还修筑了钱塘江的石堤,为当地的老百姓做了一件大好事,所以,民间称他为"海龙王"。当时,修钱塘江两岸的堤坝时,因为潮水汹涌,这边刚修好,潮水一来,那边又被冲塌了。钱镠的部下怕被责怪,就说钱塘江里面有潮神兴风作浪。钱镠很生气,决定降服潮神。八月十八,潮水涨潮最凶猛的那天，钱镠在河堤上布置好了一万弓箭手，列好阵势盯着潮水，沿江的百姓受够了潮水侵害，一听钱镠要修堤射潮神，都纷纷出动，以致江岸上全是围观助阵的百姓。钱镠见百姓如此拥戴他，更是豪情万丈，叫人拿来笔墨写了两句诗给潮神："为报潮神并水府，钱塘且借与钱城。"把诗丢到潮水中，大声喊道："假如潮水再来，那就不要怪我手下无情！"潮神没有理会钱镠的告诫，像万马奔腾一样，呼啸着就朝岸边涌了过来。钱镠大喊："放箭！"他抢先一箭射向了潮头，顿时万箭齐发，射到潮头，潮头声势慢慢减弱，渐渐退了回去。江堤从此就修好了，百姓们感念钱王，便把江边的江堤叫"钱塘"。

钱镠以前喜欢吃鱼，经常命令西湖的渔民给他送鱼吃。渔民们敢怒不敢言。他们打鱼本来就挣不了多少钱，何况每天都要送鱼，真是苦不堪言。这事被钱镠的部下罗隐知道了，而罗隐是个耿直的人，一向恃才傲物，便写了首诗挖苦钱镠，诗的大意是说：要是姜太公来西湖钓鱼，也得给钱镠送鱼吃。钱镠听了感到羞愧，从此接受教训，不再要求渔民送鱼。

此外，钱镠还是个细心的人。他睡觉时，用一根木头做枕头，就是为了不让自己睡得太熟，耽误事情，实在累了就靠着木头休息一会儿，要是睡着了，头就会从木头上滑下来，瞬间就能惊醒。他不光自己提高警惕，还经常在晚上向城墙外发射弹丸,防止守夜的侍卫睡着失职。

钱镠也是一个有争议的人,好的一面有很多,坏的一面也不少。比如,修建临安城时,他征用了大量民工。巩固了政权之后,他的生活也奢侈起来,把城池扩大了三十里,还把自己的王府修得很豪华,耗费了大量的人力和物力,给百姓增加了很重的负担。

钱镠晚年这样评判自己:"千百年后,知我者以此城,罪我者亦以此城(即杭州)。苟得之于人而损之己者,吾无愧欤!"先不评论他的功过是非,光从他写给妻子的情书中就可以看出,这是一个外表豪迈、内心柔情的男人。而正是这份柔情一直感动着后世。

什么是"水面清圆,一一风荷举"?

"水面清圆,一一风荷举"出自北宋周邦彦的《苏幕遮·燎沉香》。全词如下:

燎沉香,消溽暑。鸟雀呼晴,侵晓窥檐语。叶上初阳干宿雨,水面清圆,一一风荷举。 故乡遥,何日去。家住吴门,久作长安旅。五月渔郎相忆否。小楫轻舟,梦入芙蓉浦。

这首词清新明快,淡远典雅,是周邦彦入京到任太学正时所写。那年夏天,他正在房里焚沉香,消暑气。沉香在当时是一种很贵的香料,一般百姓家是用不起的。据说,周邦彦是因为支持王安石变法,宋神宗才把他提为太学正的。可见,那时他的待遇还是蛮不错的。他焚上一炉沉香,让夏日的暑气慢慢降下来,静下心来感受着雨的清凉。天亮时,他听见很多鸟雀叽叽喳喳地在屋檐下呼唤着晴天到来。圆圆的荷叶上有很多细小的雨珠像珍珠一样滚来滚去,一阵风吹来,荷叶一片片，一排排迎着风摆动起来。这样的风景，让他想到了家乡，什么时候才能回去啊？他的家本在吴越一带，现在却要长久地居住在京城长安。不知道故乡那些和他一起长大的朋友现在是否在想他？他实在是很想家，于是就在梦里划着小船回到了小时候经常玩耍的杭州西湖荷花塘。

周邦彦把梦里的景象寄情于词，写出了荷花的神韵。王国维在《人间词话》里称赞"水面清圆，一一风荷举"是"真能得荷之神理者"。

荷花是中国文人的君子之花，深受文人雅士的喜爱。周敦颐说它"不蔓不枝，香远益清，亭亭净植，可远观而不可亵玩焉"；李白说它"秀色粉绝世，馨香为谁传"；李商隐说它"惟有绿荷红菡萏，卷舒开合任天真。此花此叶常相映，翠减红衰愁杀人"。但是，周邦彦的"水面清圆，一一风荷举"却是最能写出荷花神韵的咏荷绝唱。

周邦彦不仅才华横溢，也能貌比潘安。他的词风清浊抑扬，精致工巧，浑成自然，这和他一生所遭受的那些坎坷也很有关系。

传说，周邦彦和当时的名妓李师师来往密切，宋徽宗听到李师师的艳名后也来凑热闹。一次，周邦彦正和李师师饮酒赋诗，不想，没过多久，宋徽宗突然驾到，他惊慌之下钻到床底下躲了起来。宋徽宗给李师师带来了江南进贡的橙子，李师师亲手剥了鲜橙和宋徽宗一起吃。天色已晚，宋徽宗要回宫了，李师师叮嘱说："已经三更了，马滑霜浓，要小心。"

宋徽宗走了以后，周邦彦钻了出来，写了一首《少年游·并刀如水》向李师师表明心迹："并刀如水，吴盐胜雪，纤手破新橙。锦幄初温，兽烟不断，相对坐调笙。　低声问向谁行宿，城上已三更。马滑霜浓，不如休去，直是少人行。"李师师很喜欢这首词。过了几天，宋徽宗又来找李师师，李师师竟然把这首词当着宋徽宗的面唱了出来。宋徽宗听完之后心里甚是气愤，但没有当着李师师的面爆发出来。他听出来了，原来那天还有人在李师师的房间里，只是藏了起来，他居然没发现。于是，他就问李师师这首词是谁写的。李师师不敢隐瞒就说是周邦彦。宋徽宗大怒，回宫去了，接着召见宰相蔡京，责问他说："周邦彦不交课税，京尹怎么不处理呢？"蔡京明白了宋徽宗的意思，马上召京尹前来问话，京尹说："周邦彦课税交得最多了，不会记错了吧？"蔡京板着脸骂京尹："糊涂东西，上意如此，别啰唆！"京尹不敢再说话，回去胡乱塞了个罪名把周邦彦撵出了京城。

过了几天，宋徽宗又去找李师师，李师师不在，被告知给周邦彦送行去了，宋徽宗又很生气，半天李师师才回来，而且眼睛红红的，明显是哭过了。宋徽宗故意问她去哪里了，李师师说："听说周邦彦犯了罪，特此去送别，不知皇上要来，实在是罪该万死！"宋徽宗就气哼哼地说："不知道他今天又写了什么词？"李师师说周邦彦写了首《兰陵王·柳》。宋徽宗说："你唱来听听。"李师师就唱道："柳阴直。烟里丝丝弄碧。隋堤上，曾见几番，拂水飘绵送行色。登临望故国。谁识。京华倦客。长亭路，年去岁来，应折柔条过千尺。　　闲寻旧踪迹。又酒趁哀弦，灯照离席。梨花榆火催寒食。愁一箭风快，半篙波暖，回头迢递便数驿。望人在天北。　　凄恻。恨堆积。渐别浦萦回，津堠岑寂。斜阳冉冉春无极。念月榭携手，露桥闻笛。沉思前事，似梦里，泪暗滴。"宋徽宗听完后想了想，觉得这首词绮丽中带着悲壮，李师师又唱得深情酣畅，这使他觉得周邦彦确实是个不可多得的大才子，于是就赦免了周邦彦，并让他做了专管乐舞的大晟府提举。

　　虽然这只是一个传说，真实性还有待考证，但是周邦彦的词确实写得清丽无比。"水面清圆，一一风荷举"无形中将周邦彦的词提升了一个档次，也成为历代咏荷之绝唱。

"暗香浮动月黄昏"表现了隐士们怎样的浪漫情怀?

"疏影横斜水清浅,暗香浮动月黄昏",出自北宋诗人林逋的七律《山园小梅》。这句诗的意思是说,稀疏的影儿横斜在清澈的河水中,清幽的芬芳浮动在黄昏的月光之下。

林逋是宋朝的一个隐士,有着"梅妻鹤子"之称。宋朝的隐士不是在深山僻野里隐藏得那么深,不是披着树叶每天吃松子野果,不是像阮籍那样会在清晨迎风清啸,他们往往就住在离世人不远的地方。林逋想隐居,就把家安在了西湖的孤山上。他喜欢梅花,就在屋子旁边种了很多梅花,还养了仙鹤。他常驾着小船去西湖寺庙和诗友高僧畅谈,如果家里来了客人,就让小童把鹤放飞出去,林逋看见鹤就划船回来。他就这样在红尘边畅游往返着,而他也和官府的人有所往来,当时的丞相,还有杭州的郡守都非常喜欢他的诗,经常来孤山找他聊天，还出钱给他修了屋子。

范仲淹、梅尧臣也来和他喝酒谈诗。他写诗写了就丢掉，从不留着，有人问他为何不录下来传给后世看。他回答："吾方晦迹林壑，且不欲以诗名一时，况后世乎？"有人偷偷把他的诗记录下来，大概有300首左右，一直流传于世。他死后就葬在自己屋子的旁边。宋仁宗听说他去世了，赐"和靖先生"的谥号给他。他的梅花诗充满着清冷幽静、高适淡远，浪漫的朦胧美。"疏影横斜水清浅，暗香浮动月黄昏"也成了梅花诗的典范，并且"疏影""暗香"二词也成为后人填写梅词的调名。

"隐士"的含义很明确，首先你得是个"士"，是个知识分子，是个有学问、有智慧的人，不然，你就不能被称为隐士，最多也只能算是个隐居者。当然隐士也有很多种类型。古代文人都会在出世和入世的问题上纠结，所以，就有很多先当过官后来觉得社会太黑暗，便安心去隐居的人，比如陶渊明和文徵明。还有像王维这样，当官当得害怕了，但是担心生活没保障，于是挂着官名过着隐居生活；还有像明末的黄宗羲、顾炎武等人，为了不向清朝投降而在山中隐居；还有像姜子牙和诸葛亮这样，为了等待一个出山的机会而隐居……

宋朝的第一隐士名叫陈抟，是个神仙般的长寿人物，据说他一直活到 119 岁才仙逝。传说他很会相面,当初他给小时候的赵匡胤相面,就说他以后会当皇帝。他不只是修道,而且还非常关心国家大事,要是听说哪个朝代被灭了,他就会发愁好一阵子。后来,赵匡胤果真当上了皇帝,他高兴得哈哈大笑,从一头驴子上栽了下来,说"这回天下终于定了"。

宋朝的皇帝一直对陈抟非常尊敬,每次召见,他都乐呵呵地去,回来就睡觉。也正因为他,宋朝历代皇帝都对隐士比较尊重,给隐士的待遇也比较好。陈抟之后,出现了一个名叫邵雍的隐士,集哲学与易学于一身,擅长算卦,是算命先生的始祖,在洛阳教学著书。后来,宋朝的隐士几乎就没有什么比较有名的了。

这是为什么呢?因为宋太祖曾发誓不杀文人,重文轻武。官员制度庞大,每月给的俸禄也比较高,所以,宋朝文人做官的多了,隐士相应地就变少了。当时,文官犯了错,不会像清朝那样形成文字狱,株连九族,顶多被贬。隐士们也不用躲到深山老林里风餐露宿。例如,陈抟就经常来往于帝王家,邵雍住着达官贵人给他买的房子著书讲学,林逋在西湖边和世人来往唱和。这样的隐士放在宋代以前,是要被耻笑的。就拿古代第一隐士巢父和许由来说吧,许由因为对尧禅让的王位不感兴趣,跑到箕山隐居,而尧不死心,又去箕山找许由,让他先做九州长试试。许由听了觉得这是奇耻大辱——我连王位都不要,怎么能再做九州长呢。于是他跑到溪边清洗被尧脏了的耳朵,遇到了同样因不接受王位在此隐居放牛的巢父。巢父问他为什么洗耳朵,许由说了原因,巢父很不高兴地说:"你不接受王位,隐起来不说话就算了,还说洗耳朵的原因,这也是沽名钓誉。我在下游饮牛,你在上游洗耳,岂不是脏了我的牛嘴吗?"

所以说,这种思想如果放在宋朝,那些隐士真的是要被骂死了。有一篇很有名的《北山移文》是南北朝时期的孔稚珪写的,专骂那些隐居以求利禄的文人隐士。孔稚珪要是看到了宋朝隐士们的表现,不被气死才怪。

"相寻梦里路,飞雨落花中"描写了晏几道怎样的浪漫邂逅与追寻?

"相寻梦里路,飞雨落花中"出自晏几道的《临江仙》。全词如下:

斗草阶前初见,穿针楼上曾逢。罗裙香露玉钗风。靓妆眉沁绿,羞脸粉生红。 流水便随春远,行云终与谁同。酒醒长恨锦屏空。相寻梦里路,飞雨落花中。

这是晏几道因思念自己曾经深爱过的一个女子而写。他们第一次相见的时候,这个女子正在和其他女子斗草。她们玩得很开心,晏几道就站在一旁默默观看,女子的快乐情绪瞬间感染了他,他觉得心里有一种说不出的幸福感。姑娘开始并没有发现他,等斗草结束时发现有人正出神地盯着自己看,不禁羞红了脸。初见之后,便是七夕,古代女子是要穿针乞巧的。这天,在穿针楼上他们两个又意外重逢了。还记得那天，女孩穿了件漂亮的罗裙，裙子上沾满了花丛中的露水，头上带了精美的玉钗，走起来摇曳生姿，新画的眉毛沁出了翠黛色，晏几道不由得看呆了。女孩也发现了他，脸上又一次露出了羞红之色。后来，他再也没见到这个女孩。晏几道每天思念着女孩，有时候在梦里也会追寻着女孩的身影，而"相寻梦里路，飞雨落花中"写的就是尽管是在梦中，他还是希望能够见到那个女孩。

晏几道一生喜欢过很多女子，他的《小山词》就是因为思念另一个女孩而写的。在另一首《临江仙》里，他毫不避讳地直接说出了对一个名叫小苹的女子的深深思念："梦后楼台高锁，酒醒帘幕低垂。去年春恨却来时。落花人独立，微雨燕双飞。　　记得小苹初见，两重心字罗衣。琵琶弦上说相思。当时明月在，曾照彩云归。"

关于小苹的身份，有两种说法：一种说法是，小苹是晏几道朋友家的一位歌女，他写这首词，就是为了让朋友家的歌女唱出来。那时候的小苹，正值豆蔻年华，美丽得像刚绽放的花朵，深深吸引了他。另一种说法是，小苹是晏几道父亲的朋友的女儿。那还是晏几道年轻的时候，一次，父亲晏殊（当时的宰相）回乡省亲，小苹是一个做知府的官员的女儿，知府设宴招待晏殊父子，小苹和晏几道两个人相见了，他们弹琴作诗，猜谜嬉戏，玩得十分开心。之后，晏几道经常去找小苹玩，两人之间情愫暗生。晏殊父子很快便回京了。由于相隔太远，晏几道和小苹失去了联系，但他还一直想念着小苹。一天，晏几道做了个梦，梦见自己去春游，突然看见小苹正站在一棵柳树下面，就高兴地跑过去和她打招呼，可还没等到他跑到小苹身边就醒了过来。晏几道想回乡去看小苹，父亲却不同意。而且，言语间对小苹一家含混躲闪。不久，晏几道就病倒了，而且病了很长时间。等他病好之后，父亲便准许他回乡去看看，于是晏几道高兴地回到了家乡。见过了家里的尊长之后，他便去看望小苹。不想，小苹家早已物是人非——知府支持范仲淹新政，被反对变革的官员陷害，发配到岭南充军去了。知府又气又怒，死在了半途中。而小苹为了葬父便卖身为妓，也不知道流落到哪里去了。这个消息对晏几道来说非常残酷，回到家中，他又病了好长一段时间。后来，他一直在梦里梦着小苹。可见，晏几道虽然风流，也还算是个多情的才子。

晏几道与父亲晏殊合称"二晏"，有人说他的《小山词》胜过父亲的《珠玉词》。他是晏殊最小的儿子，父亲位居宰相，说起来他和《红楼梦》里的贾宝玉一样，都是从小在万千宠爱中长大的。他继承了父亲的优良文学基因，七岁就可以写文章，十四岁便中了进士，过着纵横诗酒，无忧无虑的生活。

但是好景不长，父亲晏殊不幸去世，晏几道的幸福生活也就从此结束了。此后，他到处流落，仅仅当过通判之类的小官。父亲晏殊当了多年宰相，唯贤是举，很多官员，像王安石、欧阳修、范仲淹、韩琦、孔道辅等人都出自其门下，晏几道完全可以利用这些资源让自己过得好一点。但是，他生性高傲，从来就不想借助父亲的影响力来谋取功名。虽然他过得确实很落魄，但他依旧安心地当他的小吏。后来，他的朋友郑侠因为反对王安石变法被定罪，御史从郑侠家里搜出晏几道写给郑侠的一首诗："小白长红又满枝，筑球场外独支颐。春风自是人间客，主张繁华得几时？"这首诗被人诬陷为是在讽刺"新政"，因此晏几道被逮捕下狱。后来宋神宗念在晏殊的情分上释放了他。从此，他的生活更是过得艰苦异常。

到了晚年，那时的奸相蔡京多次派人请晏几道写词。无奈之下，晏几道写了两首《鹧鸪天》："九日悲秋不到心。凤城歌管有新音。风凋碧柳愁眉淡，露染黄花笑靥深。　　初见雁，已闻砧。绮罗丛里胜登临。须教月户纤纤玉，细捧霞觞滟滟金。""晓日迎长岁岁同。太平箫鼓间歌钟。云高未有前村雪，梅小初开昨夜风。　　罗幕翠，锦筵红。钗头罗胜写宜冬。从今屈指春期近，莫使金尊对月空。"其中竟然没有一句是写到蔡京的。丧失了这么好的晋升机会，晏几道只能平淡地过下去。

  回顾晏几道的一生，我们不难发现，刚开始他过得非常舒服，因为那个时候父亲还在，可以给他安逸的生活。但是父亲死后，不愿求人的他过得很艰难。虽然晏几道的家庭发生了如此巨大的变化，但这并不是对他最大的打击。对他来说，经济上的困难不算什么，不能升官发财也没什么大不了。不能和心爱的女人在一起，才是他认为最悲哀的事。每每想起生命中那些过往的女子，他只能喝酒填词，去梦里追寻她们。晏几道有一句词，"两鬓可怜青，只为相思老"，这正是他自己人生的写照。

第六章

现实主义情怀：
君不见，青海头，古来白骨无人收

中国诗歌中的现实主义作品可以追溯到《诗经》，因为《诗经·国风》是各地民歌的汇总，其创作主体是普通的劳动人民，作品记录的是真实的生活场景。

后来的文坛主流也以务实为主，但到了东晋末期，因为政治昏暗，文学作品开始浮于表面，文人在诗歌文章中卖弄文采，过分追求华丽，直到中唐杜甫的出现，才力挽狂澜。"安史之乱"爆发后，杜甫流落江湖，体会到了百姓生活的艰难，终于成为最伟大的现实主义诗人。之后的白居易、元稹领导了新乐府运动，主张诗歌应起到"补察时政""泄导人情"的作用；韩愈发起了古文运动，被苏轼称赞为"文起八代之衰"。他们都是中国文学史上现实主义作品的主要作者。

现实主义诗歌的内容通常都是社会底层人民最常见的生活，在这些诗歌中，有热情的颂扬，有尖锐的批判，还有真诚的期盼，它们共同构成了中国古典诗词中重要的一部分。

"青海头"说的是哪里?

"君不见,青海头,古来白骨无人收"出自唐代伟大的现实主义诗人杜甫写的《兵车行》。全诗为:

车辚辚,马萧萧,行人弓箭各在腰。

耶娘妻子走相送,尘埃不见咸阳桥。

牵衣顿足拦道哭,哭声直上干云霄。

道旁过者问行人,行人但云点行频。

或从十五北防河,便至四十西营田。

去时里正与裹头,归来头白还戍边。

边庭流血成海水,武皇开边意未已。

君不闻,汉家山东二百州,千村万落生荆杞。

纵有健妇把锄犁,禾生陇亩无东西。

况复秦兵耐苦战,被驱不异犬与鸡。

长者虽有问,役夫敢申恨?

且如今年冬,未休关西卒。
县官急索租,租税从何出?
信知生男恶,反是生女好。
生女犹得嫁比邻,生男埋没随百草。
君不见,青海头,古来白骨无人收。
新鬼烦冤旧鬼哭,天阴雨湿声啾啾!

这首诗大约创作于天宝中后期。当时唐王朝主动对西南少数民族用兵,使得大小战事不断,人民赋税繁重,同时还要面临朝廷的不断征兵。流离失所的民众怨声载道,苦不堪言。公元749年,即天宝八年,朝廷命哥舒翰进军吐蕃,在石堡城一战中,死伤数万人。天宝十年,剑南节度使率兵八万攻打南诏,却遭受重大失败,死伤六万多人。杨国忠为了掩盖他的败绩,命手下沿路到处抓人充军,因此受难的人不计其数。对此,《资治通鉴》中记载:"天宝十载四月,剑南节度使鲜于仲通讨南诏蛮,大败于泸南。时仲通将兵八万……军大败,士卒死者六万人,仲通仅以身免。杨国忠掩其败状,仍叙其战功……制大募两京及河南北兵以击南诏。人闻云南多瘴疠,未战,士卒死者什八九,莫肯应募。杨国忠遣御史分道捕人,连枷送诣军所……于是行者愁怨,父母妻子送之,所在哭声振野。"

"君不见,青海头,古来白骨无人收"的意思为,你没有看见,在青海的边上,那些从古至今战死沙场的将士的尸骨没有人去掩埋。这揭示了战争的残酷,也表达了作者对战争的厌恶。同时,它又引出了后一句"新鬼烦冤旧鬼哭,天阴雨湿声啾啾!"战场上,刚死亡的将士化作新鬼,那些早死亡的将士即为旧鬼,战争的无情,让无数生命相继死亡,为了满足统治者的权欲,他们何其冤枉?阴雨绵绵的天气里,新鬼旧鬼同时哀号,失去丈夫、儿子的老妇们不停地痛哭。战争令人民群众经受肉体上的死亡,精神上的折磨,给他们带来了巨大的灾难。句中的"青海头"是当时唐朝与少数民族进行战争的重要战场之一,在这里发生过的战争不计其数,无数的生命在这里相继死去。这里是军人的噩梦,也是统治者的权欲场,更是人民的灾难之地。唐朝时,在青海头发生了著名的大非川之战。唐朝名将薛仁贵一生戎马征战,战功赫赫,鲜有败绩,可是却在青海的大非川经历了自己人生中的最大一次失败。

唐朝初年,薛仁贵受唐高宗之命亲自挂帅,到达青海的大非川进攻吐蕃。当时,薛仁贵已经56岁了,虽然他武艺高超,善于用计,可是也有些力不从心了,更何况还有冒失的部将搅局,这就注定了他这次征战的失败。

在出征之前,薛仁贵就意识到了这次战役的艰险。去青海的路途遥远且险要,军队必须长途跋涉,车队行进更是艰难。

薛仁贵分析了局势，也提前制定了应对之策。他决定用一招"引蛇出洞"来对付吐蕃军。因为辎重粮草很笨重，用车拉着走很慢，况且这次行走的路途险要，所以薛仁贵命副将郭待封提前安营扎寨——他想让士兵们养足了精力，吃饱喝足然后再轻装上阵。

薛仁贵的计划是先留下两万兵马给郭待封，让他看守辎重粮草，自己带着大军轻装奔赴前线，打完一场胜仗就往回跑，与后方的粮草会合。薛仁贵的兵马只有十多万，而吐蕃的兵马有四十多万，敌众我寡，实力悬殊，不宜久战。薛仁贵带兵迅速开战，对吐蕃军队迎头痛击，吐蕃军队自然措手不及，再加上薛仁贵带兵有方，首胜很轻松地便可拿到。接着，薛仁贵见好就收，打胜便跑，回去和自己的粮草会合。这样吐蕃会误认为薛仁贵势虚，便会出兵追击。薛仁贵回去会合粮草兵马，再次养足精力，而此刻因为急追薛仁贵，吐蕃兵将必定劳顿，粮草也会跟不上，薛仁贵再次和吐蕃开战，更能一举胜利。而吐蕃军队要是意识到薛仁贵会粮草在后，轻装上阵，必定会绕其后方，打击薛仁贵的粮草。薛仁贵留两万军队防守粮草，那里的地势险要，易守难攻，即使吐蕃派兵二十万，他们也能拖延到薛仁贵首战胜利而回。这时，他们两面夹击，薛仁贵乘着首胜的士气大振，再鼓励军士们会合救援守护粮草的兄弟，仍能一举击垮吐蕃军队。

薛仁贵的计策堪称完美,但是这么完美的计策,却被一个自以为是的人断送了。

这个自以为是的人就是薛仁贵的副将郭待封。郭待封是名将郭孝恪的次子,也是看守粮草的那个人。在未出征之前,这位副将因为出身名门,所以受封的官职和农民出身的薛仁贵几乎一样高。郭待封本来就是纨绔子弟,一向心高气傲,虽然现在是薛仁贵的副将,可他心里根本不服薛仁贵。他不服屈居薛仁贵之下,更不甘做一个小小的副将。所以这一路上,他多次违抗薛仁贵的命令(史称"多违节度")。其实,薛仁贵的计划开始时还是很顺利的。薛仁贵先带领大军到达乌海,见到吐蕃军就迅速开战。

薛军大胜,杀了一万多的吐蕃军,然后掉头回撤。可是他的下一步计划被郭待封打乱了——郭待封没有遵守薛仁贵在险要之地防守粮草的命令,竟然带着粮草继续行军。薛仁贵自知这次计划失败了,如果他再带兵去接应郭待封的话,一定会被吐蕃军在平原地势包围,结果肯定是全军覆没。于是,他下令让郭待封回军急撤。可是,郭待封自以为是,一意孤行,仍旧不听薛仁贵的命令,继续行军。在去乌海的路上,没来得及和薛仁贵会合,他就遭遇了二十多万吐蕃军的打击,所有粮草都丢了。郭待封带着残兵败将最终与薛仁贵大军会合。可是敌方拥军四十多万,我军已不足十万,还没有后继的粮草,这如何能打得过敌方。吐蕃军包围而来,薛仁贵只能硬着头皮开战,结果可想而知。薛仁贵的军队几乎全军覆没。这就是历史上著名的大非川之战。

大非川之战为青海头又添了万千残魂,无数白骨。《兵车行》是杜甫的名篇,它之所以受世人推崇,是因为说出了人民的痛苦,道出了人民的心声,揭示了统治者的黑暗。杜甫笔下的"君不见,青海头,古来白骨无人收。新鬼烦冤旧鬼哭,天阴雨湿声啾啾",用艺术的形式,展现了一幅凄惨的生死离别的历史画卷。由于杜甫对历史现实的揭露,他的诗歌对后世影响深远,人们尊称他为"诗圣",和当时的"诗仙"李白齐名。他的诗作则被人们称为"诗史"。

"今春看又过，何日是归年"抒发的是诗人的思乡情怀吗？

"今春看又过，何日是归年"出自杜甫的《绝句二首》。顾名思义，《绝句二首》共有两首，它们分别是：

其一

迟日江山丽，春风花草香。

泥融飞燕子，沙暖睡鸳鸯。

其二

江碧鸟逾白，山青花欲燃。

今春看又过，何日是归年？

杜甫不仅是伟大的现实主义诗人，他还是在田野上辛勤劳作的药农。这两首绝句，就是他在四川成都当药农时所作。

杜甫原本生于一个官僚家庭，开始时家庭富裕，衣食无忧。可是后来家道中落，杜甫被迫离家，尝尽人间冷暖。

35岁时,杜甫到长安求取功名不得。36岁那年,他又参加了唐玄宗的特科考试。但考试被当时的权相李林甫把持操纵。李林甫是个荒唐无能之人,不仅不赏识杜甫,所有考试的人都没有被他录取,而且他还上奏唐玄宗说"野无遗贤"。

杜甫到京城寻求机会未果,很是失望,但他心系天下,忧国忧民,并且还为人民作了大量的诗作。后来,发生了"安史之乱"。期间,杜甫被叛徒虏获,过了半年多囚徒一样的生活。

杜甫虽然志向远大,可是在乱世中却没有立足之地,还要经常饿肚子,四处奔波。公元754年,他居住在长安城南的少陵,因为这年发生了涝灾,田地里颗粒无收,长安城内米价飞涨,杜甫为生活所迫,带领妻儿离开少陵,到达长安北边的奉先县住下。公元759年,他又从洛阳到华州、秦州、同谷,直到四川的成都,一年之中竟然迁了四次。他在自己的诗中写道:"奈何迫物累,一岁四行役!"在去同谷之前,他听说那里盛产一种薯类,吃饭问题很好解决,就拖家带口去了同谷。但到了同谷他才发现,那苦苦寻求的薯类,竟然是一种难吃的苦涩栗子。在庄子的《齐物论》里"狙公"用来调教猴子的食物就是这种栗子。了解情况后,杜甫并没有在同谷待多久,就又携着妻儿开始了奔波之路。

幸运的是，杜甫48岁时入蜀，终于在成都安定了下来。而且，他还在当地建了一座草堂。在此期间，他一边潜心创作诗文，一边躬耕种植草药，偶尔还上山采药，补贴家用。这时的他俨然成了一名药农、一位医者。这里就有一则他关于药草的小故事。

"白头翁"是一种药草的名称，在民间又叫"老公花""毛姑朵花"。"白头翁"花的花柱上长满了细密柔软的白色长毛，密集成头状，像一个白头的老翁，因此叫作"白头翁"。相传，他的名字就与诗人杜甫有关。

杜甫在京都的时候，仕途不顺，穷困潦倒，生活异常艰辛。他自称"残杯与冷炙，到处潜悲辛"。某天的早晨，他起床洗漱完毕，腹中饥饿难耐，看到桌子上有一碗剩粥。他回想了一下，才知道这是两天前的剩粥。因为太饥饿，又身无分文，他只好将这碗粥喝进了肚里。不久，他的肚子剧痛难耐，接着便呕吐不止。因为没钱，他不能就医，只好扶着门框坐在门口，看着门外的景色发呆。这时候，碰巧有一位白发苍苍的老人经过他家门前，看到他痛苦的样子，忙问他怎么了。杜甫看着白头老翁笑了笑，将自己的情况如实相告。老翁心地善良，询问完他的病情后就说道："你先在这里等等，我去帮你采点草药。"没过多久，老翁果然拿来了一把草药。这些草药长着一身白色的绒毛，很是好看。杜甫忙问老翁这是什么草药？老翁虽然知道这草药能治病，却不知道它的名字。老翁将这些草药捣碎，熬成了汤，将汤递到杜甫面前。杜甫喝完汤后，疼痛渐渐缓解，直至痊愈。为表达对白头老翁的感谢，杜甫写道："自怜白头无人问，怜人乃为白头翁。"于是，他就将这草起名为"白头翁"。

杜甫与草药的情缘早就结下，后来他到了蜀地，便是以种草药为生。一来可以补贴家用，自己生病也有药可服；二来也能够为当地人造福。更重要的是，他很享受田间耕作的乐趣。这段时间，杜甫既能通过诗作反映现实人民的疾苦，又能体验耕作丰收的喜悦。所以说，这段时光是杜甫一生中最快乐的时光。

快乐之余，往往也有失意的时候。在蜀地，杜甫毕竟是外人，故乡离这里很遥远，那些亲人故友，已经有多年不曾相见。"迟日江山丽，春风花草香。泥融飞燕子，沙暖睡鸳鸯。"这是多么迤逦美好的春光，诗人心中确实也有享受的一刻，可是"江碧鸟逾白，山青花欲燃。今春看又过，何日是归年。"再明媚的春光终会过去，再美的地方，终究不如儿时的故乡。

这两首绝句实际是以美景衬悲容。眼前的美丽春景、鲜花盛开、鸳鸯戏水，确实让人好生留恋，可是这终究不是作者真正想要的,反而勾起了他多年流浪漂泊在外的伤感。岁月荏苒,归期遥遥,再美丽的景色也留不住作者思归的心。落叶尚能归根,如今人老黄昏后,却不得而归,当然成了作者的心病,亦成了他深切的乡愁了。

"轻烟散入五侯家"是在讽刺宦官专宠吗？

"轻烟散入五侯家"出自韩翃的《寒食》。全诗如下：

春城无处不飞花，寒食东风御柳斜。

日暮汉宫传蜡烛，轻烟散入五侯家。

寒食是中国古代的传统节日，起源于春秋时期，跟一个叫介子推的人有关。晋国的晋献公娶了狐姬，第二年狐姬生下了重耳。重耳天生骈肋，据说是贵人之像，而他确实也非庸常的贵族子弟，17岁时就有了很多品德高尚、才能出众的朋友。

晋献公总共有五个儿子，其中比较优秀的有三个：申生、重耳、夷吾。晋献公立申生为太子。当时深受晋献公宠爱的妃子骊姬也有个儿子，叫奚齐，可惜这个儿子太小了。骊姬看自己的儿子没法当太子，就在晋献公那里吹枕边风，先是陷害太子申生，逼得申生上吊自杀，然后把重耳和夷吾都派到边远的地方，再借机诬陷他们。重耳和夷吾得知消息后逃出了晋国。重耳跑到了自己母亲的祖国翟国安居下来，娶妻生子。

几年后晋献公逝世，晋国发生了内乱，公子奚齐、公子卓被杀，晋国人只好去接重耳回国。然而重耳却说："我当时没有听从父亲的命令，私自逃出了晋国，后来父亲离世，我也没能回去参加葬礼，尽自己身为人子的责任，这样我怎么敢回国即位？还是另立他人吧。"于是夷吾即位，史称晋惠公。晋惠公即位后，做了许多让邻国不满的事情，而他害怕晋国的人再去依附重耳推翻自己，便派人去翟国追杀重耳。重耳只能抛妻弃子再次逃亡。

这次逃亡很不顺利——大家看重耳落魄，都不愿意接待他。他饿得向乡下农夫讨要食物，农夫却把土放在器皿中给他。最后，他饿晕在逃亡途中。不久，他因为闻到一阵肉汤的香味醒过来。他惊奇地问一直跟在他身边的介子推："在这种情况下还能做出肉汤，这些肉是从哪里讨来的呢？"介子推回答说："这是臣在野外打的麻雀，殿下快趁热喝了吧。"重耳实在饿得眼冒金星，听后也没有多想，就把肉汤喝得精光。吃饱之后，他又打起精神，继续向齐国走去。但是介子推却一直走得很慢，而且还一瘸一拐的，重耳就问介子推："你是受伤了吗，为什么走得这么慢？"周围的人看隐瞒不下去了，才告诉重耳，前几天他喝的肉汤是介子推割自己大腿上的肉做的。重耳听说之后大为震惊，十分感动，许诺回国之后一定重赏介子推。

后来重耳平安到达齐国，受到齐桓公的礼遇。但是好景不长，五年后齐桓公就离开了人世，齐国内忧外患，重耳的妻子就与一直跟随重耳的部下一起用计把重耳送出了齐国，希望重耳能回晋国夺取王位。

此后重耳又流亡了许多国家，最后是秦穆公帮助重耳回到了晋国，杀死了晋怀公，当上了君主，史称晋文公。

晋文公封赏当年跟随自己逃亡的人，唯独忘记了介子推。介子推就带着自己的老母亲隐居在绵山（属今山西介休市）。直到有人作诗为介子推鸣不平，讽刺晋文公忘恩负义，诗传到晋文公那里，他才想起来封赏时忘了介子推，于是他亲自前往绵山请介子推出山。介子推觉得自己没有功劳，不能接受晋文公的赏赐，就躲在山里不出来。重耳手下的人嫉妒晋文公重视介子推，于是出主意让他在山的三面放火，留下一面，等到火势起来，介子推肯定会从没有起火的一面下山。重耳于是下令烧山，结果大火烧了七天七夜也没有人出来。等到大火熄灭之后，晋文公上山寻找，在一棵烧焦了的柳树下找到了已经被烧死的介子推和他的母亲。晋文公看到后十分悲痛，于是下令在介子推忌日这天全国不能生火，吃冷食，以此纪念介子推。后来，这一天成了寒食节。

在寒食这一天，按照传统是不能生火的，也不能点灯照明。然而韩翃的《寒食》里却写"日暮汉宫传蜡烛，轻烟散入五侯家"，这又是怎么一回事呢？

据清人吴乔所做的《围炉诗话》记载，这首诗写在唐德宗建中年间。在经过大历年间短暂的中兴之后，唐朝又迅速腐败下去，建中四年爆发了泾源兵变。兵变结束后，唐德宗开始专宠宦官，放任藩镇割据势力发展，朝政混乱，民怨日深。诗中的"汉宫"指的是唐朝的皇宫，"五侯"本来指的是汉成帝时，封自己的生母王皇后的五个兄弟王谭、王商、王立、王根、王逢时为侯，特别受皇帝的恩宠（在这首诗里泛指受到天子宠幸的近臣）。在寒食这一天，莫说是普通百姓，就算是朝廷官员，如果没有得到天子的宠幸，也是连火都不能生、灯都不能点的，皇宫里却可以明目张胆地点蜡烛，真是"只许州官放火，不许百姓点灯"，作者以此来讽刺当时的权贵不顾百姓疾苦，弄权倚势，作威作福。

这虽然是一首讽刺诗，但是诗人的笔法含蓄巧妙，表面上看只是一首描写寒食节长安城内景象的风俗画，很受当时文人的喜爱。据《本事诗》记载，唐德宗十分喜欢这首诗，而且因为这首诗他点名让韩翃来担任拟定诏书的官员，可见这首诗在当时的影响力。

"隔江犹唱后庭花"中的"后庭花"是花的名称吗？

"隔江犹唱后庭花"出自唐代诗人杜牧写的诗《泊秦淮》。全诗如下：

烟笼寒水月笼沙，夜泊秦淮近酒家。

商女不知亡国恨，隔江犹唱后庭花。

当时杜牧正在金陵（今江苏南京市）的秦淮河畔游玩，听到酒肆的阵阵歌声，不禁对内忧外患的大唐王朝充满了忧虑。

当时的大唐已经不复四海宾服的盛况。朝廷腐败不堪，藩镇纷纷拥兵自重，异族也时常扰边，人们的生活过得十分艰辛。文武双全的杜牧曾经胸怀大志，为治国安邦献计献策，颇有建树。遗憾的是，甘露之变与牛李党争加剧了社会矛盾，让他空有长策而无法施展。

金陵秦淮河是官宦显贵之人常去的享乐之地。他们和酒肆的歌女们夜夜笙歌、醉生梦死，全然不顾国家安危、百姓疾苦。杜牧触景生情，借诗句咏古伤怀。

"隔江犹唱后庭花"的"后庭花"，指的是陈朝末代皇帝陈叔宝（即陈后主）所做的曲子《玉树后庭花》。"后庭花"本是一种生于江南的花卉，常被人们种在庭院中。这种花有红白两种颜色，当白花盛开时，整个树冠仿佛白璧一般美丽。故而，世人又将此花称为"玉树后庭花"，并将其列为乐府民歌的曲名。

《玉树后庭花》的歌词如下：

丽宇芳林对高阁，新妆艳质本倾城。
映户凝娇乍不进，出帷含态笑相迎。
妖姬脸似花含露，玉树流光照后庭。
花开花落不长久，落红满地归寂中。

这首歌曲是陈后主写给宠妃张丽华的。张丽华原本是歌妓出身，秀色可餐，才艺过人。陈后主对其一见钟情，封其为贵妃。陈后主临朝听政时，常让张丽华坐在自己的膝上。后来，张丽华生下太子，更得陈后主宠爱。

即位之初，陈后主也曾发誓要励精图治，做个好皇帝。但是他很快就沉溺于声色犬马，安于荒淫无度的奢华生活，不再关心江山社稷。他将一班文学大臣召入宫中一同饮酒作诗，最终写出了《玉树后庭花》这首名曲。为了讨好张丽华及其他宠妃，他还命令上千宫女练习这首歌，时时奏唱。

就在陈朝君臣耽于享乐之时，隋文帝杨坚正在积极准备南下灭陈。杨坚称帝以来励精图治，崇尚勤俭，致力于消除国内的奢靡之风。这与荒淫无度的陈后主形成了鲜明对比。

陈朝不乏洞悉隋朝意图的有识之人，他们纷纷劝谏陈后主要提防隋军南下。可是将国事视为儿戏的陈后主始终对此不以为然，他自以为金陵有王者之气，有长江天险护佑，北朝军队不可能渡江灭陈。

公元588年，隋文帝调集五十余万水陆大军，兵分八路南征。当消息传入陈朝时，陈后主君臣却毫不在意，继续花天酒地。为了庆祝元会（即春节），陈后主居然把镇守长江重镇江州、南徐州的两个儿子召回首都建康（今江苏南京）。此举让陈军的江防布局漏洞百出，被隋军轻易攻破。

当隋军逼近建康城时，陈后主终于从睡梦中惊醒，吓得六神无主。众将纷纷献计请战，但陈后主把国事都交给奸臣施文庆处置，不采纳众将的建言。

陈后主在此后昏招迭出，让形势变得更加无药可救。陈朝文武百官纷纷逃散，陈军将领败的败、叛的叛，其中陈朝降将任忠还亲自领着隋军韩擒虎部入宫，躲进枯井的陈后主及张丽华等人最终被隋军俘虏。陈朝至此灭亡，南北朝时期正式结束，华夏经历数百年战乱后重归一统。

时人有感于陈后主的昏庸无道,将《玉树后庭花》这首歌曲视为不祥的"亡国之音"。然而,陈朝灭亡之后,这首曲子从隋朝一直传到了唐朝,依然被金陵秦淮河畔的歌妓们传唱。

"商女不知亡国恨"明指歌女,实则影射了要求歌女唱"亡国之音"的王公贵族。杜牧借用隋朝灭陈的典故,讽刺晚唐的衰朽时局,将历史与现实融为一体。在杜牧看来,《玉树后庭花》虽然词曲优美,却是彻头彻尾的靡靡之音。当时的唐朝官宦显贵不思复兴江河日下的大唐王朝,却只是拿这首曲子寻欢作乐,逃避残酷的社会现实。而忧国忧民的杜牧担心历史会重演,却无力挽救时局,只能写诗告诫世人。

"可怜无定河边骨"中的"河边骨"有什么故事?

"可怜无定河边骨"出自陈陶的《陇西行四首·其二》。全诗如下:

> 誓扫匈奴不顾身,五千貂锦丧胡尘。
> 可怜无定河边骨,犹是春闺梦里人!

无定河在今天的陕西省北部,是黄河的支流。在唐朝,无定河外就是与北方少数民族交界的边疆地区,因此有许多大大小小的战争发生在这里。根据《大清一统志》记载,无定河是历代兵家必争之地,因为紧邻大漠,军队面临着缺水的危机,而无定河作为这一代最大的河流,一直是得水者生,而在这些战争中战死的将士,却因为数量庞大、战事紧张而无暇被顾及,尸体堆积在河边无人掩埋收殓,只能暴尸荒野。

在当时偏僻的小山村里,有一户人家,家里有一位老太太,一对年轻的夫妻和一个年幼的孩子。国家的边疆发动了战争,村子里的年轻人都想要保家卫国,于是男人投了军,跟着部队到了前线。不知不觉一年过去了,家里因为没有壮劳力,所以过得很辛苦。老母亲每天都在盼望儿子平安归来,妻子每天都在祈祷战争顺利结束,儿子也在天天喊着要爸爸。冬去春来,媳妇在田间劳作了一天回到家中,看到婆婆还在辛苦地做着女工用来补贴家用,就让婆婆去休息自己来。但是在田间劳动了一天实在太累,不知不觉她就开始望着窗外的晚霞出神,恍惚间她好像看到了塞外的大漠,看到了排列整齐出征的军队,而走在前面那个骑着高头大马、意气风发的人不正是自己的丈夫吗?她又惊又喜地跑了上去,这时丈夫也看到了妻子,迎了上来,惊奇地问道:"这里是边疆前线,离家这么遥远,你一个弱女子是怎么过来的?"妻子告诉丈夫说:"自从你参军以后,我一直都十分想念你,家里因为没有你过得很艰苦,娘和孩子也每天都在念叨你,所以大家都盼着你早日凯旋回家。"丈夫紧紧地抱住妻子说:"等战争结束,我一定马上回去!"妻子还想说什么,却被一阵乌鸦的叫声惊醒。原来刚刚只是一场梦,可怜她还不知道,自己的丈夫已经战死沙场,再也回不来了。

《陇西行》的作者陈陶主要活跃在唐武宗时期。唐武宗虽然在位只有七年,但是在军事方面却有很多建树——对内打击了藩镇,对外击败了回鹘,给唐朝带来了短暂的中兴期。但是连年的征战也给广大人民群众带来了巨大的苦难,所以这个故事中的事情在当时很常见,所以流传很广,而诗人有感于这个故事,就写下了这首《陇西行》。

历史上,无定河边发生过很多惨烈的战争,最惨烈的一次是发生在北宋时期的永乐之战。那时候无定河被定为北宋、西夏两国的边界,两国为了领土经常在此发生战争。为了防止西夏军队南下威胁中原,宋神宗命令徐禧在无定河边建造永乐城稳固边防。但是徐禧是文人出身,对军事的了解有局限,所以在永乐城的选址问题上犯了个致命的错误,而当时有人指出来说:"这个城小且人少,又没有水源,一旦敌军将我们包围,用不了多久,我们就会因为缺水和没有补给支撑不住,陷入绝境。"但是徐禧非但不听,还把提意见的人收押了。永乐城建好之后不久,西夏就整合了三十万兵马准备突破北宋的边防,徐禧部下建议趁西夏军队还没有列好阵势的时候偷袭他们,徐禧却觉得不够光明正大,没有出兵。结果西夏的精兵抢渡无定河,控制水源,将永乐城团团围住,同时还去骚扰可能前来支援的米脂城。就这样,永乐城被困许久,很多士兵因饥渴而死。终于在一个雨天,西夏军队发动了总攻。北宋军虚弱不敌,全军覆没,徐禧战死。

古代的战争都是冷兵器战争,列阵之后基本都是贴身肉搏，普通士兵的死亡率很高。唐代曹松有"凭君莫话封侯事，一将功成万骨枯"的感慨，说的就是在唐僖宗乾符六年（公元879年），镇海节度使高骈因为镇压黄巢起义军有功，受到封赏，但是证明他的功绩的，不是收复多少失地，俘虏多少敌人，而是"功在杀人多"。这种简单粗暴的计算军功的方式，必然会导致战争中大量士兵的死亡，甚至到了朝代末期，有些将领为了军功不惜杀害无辜百姓来冒充敌人。诗人看到战争带来的深重苦难，对在水深火热中挣扎的百姓深表同情，就写下了这些不朽的诗篇。

"茂陵何事在人间"是在讽刺谁?

"茂陵何事在人间"出自罗邺的《望仙台》。全诗如下:

千金垒土望三山,云鹤无踪羽卫还。

若说神仙求便得,茂陵何事在人间。

望仙台位于唐大明宫中,是大明宫内的道教建筑。据记载,唐武宗素来痴迷神仙之术,甚至在会昌年间不惜调用神策军三千余人,用来修筑望仙台。而茂陵是汉武帝刘彻的陵墓。汉武帝早年英明神武,晚年却越来越迷信神仙,追求长生不老。唐朝的文人做文章时,经常会以汉代唐,这首诗就是诗人罗邺借汉武帝的故事来讽刺当时的帝王沉迷于神仙等荒唐虚妄的事物。

汉武帝刘彻是中国历史上一位武功卓越的帝王,他在位期间,西汉收复河西,驱逐匈奴,达到了鼎盛。当他接受万国朝拜的时候,就想要在个人生死的问题上做点文章,以求长生不老，永享荣华，但是由于他求仙心切，所以多次上当受骗。

当时有个很有名的方士叫李少君，他对外自称会长生不老之术。有一次，他去武安侯田蚡府上喝酒，在宴席上有一位九十多岁的老人，李少君就对他说："我曾经结识过你的祖父，并且与他一同饮酒，不过那个时候你还是个小孩子，跟在你祖父身后，我就是那个时候认识你的。"其他在座的人听了之后都很惊奇，问道："那你岂不是已经在世上活了几百年了？"李少君点头称是。

武安侯想到汉武帝正在寻求长生不老之术，就把李少君引荐给了汉武帝。汉武帝召见李少君。来到宫中，李少君看到汉武帝有一件旧的青铜器，于是便指着器皿说："我在齐桓公的宫殿中见过这件铜器，当时齐桓公把它摆在自己的床头。"武帝听了之后，就拿来青铜器看上面的铭文，果然是春秋时期齐国的物件，于是他对李少君能长生不老深信不疑，就赐了很多金银财宝给他，并且经常与他探讨神仙之道。

后来李少君病重时，与汉武帝交谈，汉武帝问道："你都可以长生不老了，为什么还能生这么重的病呢？"李少君回答道："我这是在梦中去见了神仙，元气消耗太大，肉身经受不住所致。"汉武帝听后十分惊奇，于是问道："那你去见了什么神仙？又跟神仙一起做了什么事情？"李少君答道:"神仙安期生在梦中约我去他那里做客,带我到了东海的蓬莱山,我只在山上吃了一粒鲜枣,但是有西瓜那么大。"汉武帝十分羡慕,便道:"等下次神仙再邀请你的时候,你一定不要忘了我。我要与你同去。"但是还没等到这一天,李少君就病死了。入殓的时候,李少君的尸体却不见了,汉武帝说:"他一定是羽化登仙了!我对他恩宠有加,他为什么不带我一起去?"

李少君死后,汉武帝求仙的愿望更加迫切。王夫人过世之后,他十分思念,想见却又无可奈何,这时有人告诉他有个叫少翁的方士能与神仙交流,请各路神仙下凡,所以汉武帝就请来了少翁。少翁作法前对汉武帝说:"王夫人已经离世,现在是魂魄,陛下您身上的阳气重,只能在远处看一下王夫人,如果上前,恐怕王夫人的魂魄会被冲散。"等到少翁作法后,武帝果然见到了自己心心念念的王夫人。虽然他记着少翁的告诫没有上前,还是十分高兴。后来汉武帝多次让少翁请神仙来,都没有成功,就对他产生了怀疑。少翁害怕汉武帝知道真相,于是想出了一个主意,他自己写了一幅字,混在牛的草料中,然后禀告武帝说:"臣最近与仙人沟通,仙人已经知道了陛下求仙的诚心,所以赐了一封天书到人间,现在在一头大黄牛的腹中。"汉武帝听说后十分开心,杀牛剖腹,果然看到了帛书。上面的文字怪异难认,内容古奥艰涩，武帝整日研读，后来越发觉得不对，拿少翁的字迹两下对比，发现这是少翁伪造的，一怒之下就杀了少翁。

汉武帝虽然识破了少翁的骗局，但还是不死心，甚至时间久了一回想，还觉得有些后悔。这时，有人把方士栾大推荐给了汉武帝。栾大长得高大俊美，是少翁的师弟，又给武帝演示了斗棋。在他演示斗棋时，棋子能自相撞击，武帝就相信了他，不但对他封侯赐赏，还把自己最喜欢的女儿嫁给了他。元鼎五年（公元前112年），汉武帝进攻南越，派栾大去东海祈福，栾大不敢出海，于是去泰山祷告，回长安后谎称自己见到了神仙，不料想汉武帝派人跟踪了他，早已经知道他没有出海，于是汉武帝就杀掉了栾大。

汉武帝在寻求长生的这条路上，因为轻信他人而受到很多欺骗，不仅浪费了国家资源，耽误了政事，甚至还赔上了自己的女儿。唐代中晚期，皇帝大多也喜好神仙，加上处于朝代末期，所以盲目轻信方士道人的话而造成的社会后果更加严重。诗人不能直言痛骂天子，就借古讽今，所以才有了"茂陵何事在人间"的感慨。

第七章

婉约柔美词情：衣带渐宽终不悔，为伊消得人憔悴婉约派是宋词的另一大流派，和豪放派齐名。"婉约"就是婉转含蓄的意思。北宋著名词人秦观（少游）是婉约词派的代表人物之一。其他的代表人物还有李煜、柳永、晏殊、欧阳修、周邦彦、李清照等。

在内容上，婉约派主要侧重儿女风情。其中就有四大旗帜，即李清照的"闺语"，晏殊的"别恨"，柳永的"情长"，李煜的"愁宗"。

在结构上，婉约词深细缜密，如李清照的《声声慢》；在音律上，婉约词婉转和谐，如柳永的《雨霖铃》；在语言上，婉约词圆润清丽，如秦观的《鹊桥仙》。

晚唐五代时期，有"花间派"。它的代表人物有温庭筠、韦庄等，他们的词大体内容是离愁别绪，儿女情长，深闺怨语，这同样是婉约词风。在历史上，词长期趋于宛转柔美的状态，人们因此认为婉约才是词的正宗。

"衣带渐宽终不悔"中的"衣带渐宽"暗指什么?

"衣带渐宽终不悔"出自柳永的《蝶恋花》,全词如下:

伫倚危楼风细细,望极春愁,黯黯生天际。草色烟光残照里,无言谁会凭阑意。　　拟把疏狂图一醉,对酒当歌,强乐还无味。衣带渐宽终不悔,为伊消得人憔悴。

"衣带渐宽终不悔"的意思是说,为了心爱的人,即使思念让我日渐消瘦,衣带宽松了起来,也无怨无悔。

柳永是个大才子,他的词写得非常好,内容凄婉缠绵,意境清新脱俗。作为北宋第一个专心作词的词人,柳永在中国作词史上有着重要的地位。然而纵观他的一生,却坎坷多舛。少年时为求功名,柳永勤学苦读奔赴京城,谁知却意外落榜。年轻气盛的他沮丧愤激之余,愤然一阕《鹤冲天》:"忍把浮名,换了浅斟低唱。"这话不仅惹恼了当朝的皇上,就连后来继位的仁宗也对他余愤难消,御笔一挥,写下:且去浅斟低唱,何要浮名?

这便注定了柳永大半生仕途无望、郁郁而不得志的悲剧。从此他便流连于酒肆歌楼,在"偎红倚翠、浅斟低唱"中寻找寄托。虽然他多情,但又不同于其他纨绔子弟,他是怀着无比尊重的心态,用无限同情和爱怜来对待这些流落在社会底层的青楼歌妓的。因此,他的词充满了对人生和生命的感叹,同时也写出了读书人的悲哀。他把青楼歌妓当成自己的亲人,当成精神寄托。而在当时的社会,歌妓是不被士大夫所容的,甚至被看成是一种堕落。正因为如此,当时的很多士大夫都很瞧不起他。

这首词正是词人科举失意,独自伫立楼头时,感受细细和风吹面,莫名的一股离愁油然而生,为消除心中的那股悲愁挥笔而写的。所谓伊人,是他的生命里至关重要的女子。柳永重情,他在赶赴余杭任职,途经江州时,认识了名妓谢玉英,两人相谈甚欢,相约三年后再次相见。三年后,任期已满,重赴旧约。面对谢玉英的失约,柳永心绪怅然,挥笔写下:"见说兰台宋玉,多才多艺擅词赋。试与问、朝朝暮暮,行云何处去?"谢玉英看到这些文字后很是感动,就变卖了自己的东西上京去找柳永。京城相见,他们重修旧好,从此,二人以夫妻之名相称,情深意笃。虽然这首《蝶恋花》

是不是写给谢玉英的,我们不得而知,但那份情,那份念,却让读到的人都为之动容!

柳永类似的情感还有很多,如《八声甘州》中的"想佳人,妆楼颙望,误几回,天际识归舟。争知我,倚阑干处,正恁凝愁"也写出了对佳人的深情。

正是很多如"衣带渐宽终不悔"这样的词句,使柳永成为"婉约派"的一代宗师。一次,苏东坡问幕僚:"我的词写得比柳永的好吗?"对方答道:"柳郎中词,只合十八七女郎,执红牙板,歌'杨柳岸,晓风残月';学士词,须关西大汉,铜琵琶,铁绰板,唱'大江东去'"很多人将这个评语用以说明"婉约派"和"豪放派"的区别,但也有有失偏颇之处。作为不仅是婉约派的一代宗师,更是整个宋词史上的第一位伟大革新家,柳永的词除了哀感以外,还带有很多豪放不羁的色彩。有人曾说他的"烟柳画桥,风帘翠幕,参差十万人家"实际上打开了宋人的豪放之门。据说,完颜亮读了柳永的《望海潮》一词,被词中"三秋桂子,十里荷花"的景色吸引,非常羡慕杭州的美景,于是立志扬鞭渡江攻下南宋。

"雁过也,正伤心,却是旧时相识"描写的是怎样的场景?

"雁过也,正伤心,却是旧时相识"出自宋代女词人李清照的《声声慢·寻寻觅觅》。全词如下:

寻寻觅觅,冷冷清清,凄凄惨惨戚戚。乍暖还寒时候,最难将息。三杯两盏淡酒,怎敌他、晚来风急。雁过也,正伤心,却是旧时相识。　　满地黄花堆积。憔悴损,如今有谁堪摘?守着窗儿,独自怎生得黑?梧桐更兼细雨,到黄昏、点点滴滴。这次第,怎一个愁字了得。

公元1127年,"靖康之变"后北宋灭亡。这年的3月,李清照的夫婿赵明诚因母亲去世,到金陵奔丧。后来,李清照带着十五车书籍南下与丈夫会合。李清照在青州时,家中有书十余屋,后来因为兵变被焚烧殆尽。

公元1129年8月,李清照46岁,丈夫因病去世。由于金人的入侵，李清照安葬好丈夫后，只能跟随朝廷迁移流亡，饱受颠沛流离之苦。国破家亡，流离失所，这使得李清照愈加愁苦，为了排遣心中的忧愁苦闷，李清照写下了这首《声声慢·寻寻觅觅》。

李清照因国破家亡，又颠沛流离，心情不佳。她独自一人在房间里，透过窗子看到天空中一只大雁缓缓飞过。那只雁儿哀鸣不断，顿时使得作者联想到了自身。看着雁儿形单影只，李清照觉得它定是和自己一样，失了夫婿，没了家园，只能独自流浪单飞。此时，泪水默默沾满了她的脸庞。她泪眼迷离，想着以前和丈夫之间的往事，觉得这只雁儿更像是以前她和丈夫传递情书的那一只。于是，她不由得感慨万千——世事变迁，如今已经物是人非了。可以说，"雁过也，正伤心，却是旧时相识"就是她此时此刻的真实写照。

早年，李清照与丈夫赵明诚感情深厚。他们共同作诗吟词，整理书籍，品鉴金石。他们家中有书籍十余屋，更有大量的金石玉玩。为了收藏和收集，他们生活过得很节俭，但这丝毫没有影响到二人的感情。

李清照与丈夫情比金坚。他们学识渊博，而且能诗会词，是名噪一时的"诗词夫妻"。有一次，夫妻二人受邀参加青州有名的乌老寿星的寿宴。乌老150岁，是当之无愧的老寿星。期间，人们同桌共饮，相谈甚欢，等到酒过三巡，客人们想请多才的李清照夫妇写一副对联,用来祝贺乌老的寿辰。赵明诚首先挥笔写道:"花甲重逢,又增而立年岁。"这里的"花甲"和"而立"指的都是时间。"花甲"是60年,"而立"是30年。人们常称:"三十而立,六十花甲。"而这里"花甲重逢",便是120年,再加上而立的30年,两数相加正好150年,合了乌老寿星的寿辰年龄。人们称妙的同时,同时看向李清照,想看看她如何应对。李清照不慌不忙,提笔在纸上写道:"古稀双庆,复添幼学青春。""古稀双庆"是140年,"幼学"则是10岁,加在一起也合了乌老寿星的年龄。

　　人们见到这对联对仗工整,十分有趣,连连叫好。乌老寿星很是开心,希望他们再作一副。这时赵明诚兴致正浓,二话不说,挥笔再写道:"三多福寿子。"李清照看着乌老的书架,灵机一动,写道:"四诗风雅颂。"赵明诚看着妻子应对自如,却想将她难上一难。于是,他自请再献一副。乌老欣喜异常,自是求之不得。赵明诚低头继续写道:"乌龟方姓乌。"大家看到赵明诚写的这句顿时一愣,旁边的乌老也是脸色一变,显出不悦之色,却见李清照忙续写道:"龟寿比日月,年高德亮。"于是,这便成了完整的一句:"乌龟方姓乌,龟寿比日月,年高德亮。"看到这里众人恍然,乌老捋着胡子,大笑叫好。赵明诚见到自己半残的致命之词,被妻子这样轻巧化解,最后不服输地写道:"老鼠亦称老。"李清照紧接着在后面写道:"鼠姑兆宝贵,国色天香。"这句就成了"老鼠亦称老,鼠姑兆宝贵,国色天香。"这里的"鼠姑"是牡丹花的别称。妻子的才华,令赵明诚不得不佩服。而这副对联里巧妙写到了"乌老"两个字,这使得乌老满面红光,一手牵着李清照,一手拉着赵明诚,要与他们干杯痛饮。

如今,书籍金石还在,夫婿却已经故去。在乍暖还寒的这一时节,令人觉得分外孤独寒冷,本想喝点酒暖暖身子,却越喝越愁。看着窗外天空中飞过的大雁,又牵动了作者心中对过往的追忆。黄花凋零,落得满地都是,谁还愿意去采摘欣赏呢?一个人独自坐在窗子旁,从早上一直到黑夜。黄昏,空中落下淅淅沥沥的小雨。这般情景,怎么能用一个"愁"字来了结呢!

"天上人间"中的"天上"和"人间"分别指什么?

"流水落花春去也,天上人间"出自南唐后主李煜的词作《浪淘沙令·帘外雨潺潺》。全词如下:

帘外雨潺潺,春意阑珊。罗衾不耐五更寒。梦里不知身是客,一晌贪欢。　独自莫凭栏,无限江山。别时容易见时难。流水落花春去也,天上人间。

李煜是词人,也是一国之君。这首词作于李煜亡国之后,被囚禁在汴京之时。全词词调悲凉,像一首婉转凄苦的哀歌,道出了身为亡国之君的悲怆处境。

这首词的大概意思是,窗外下起了雨,雨声潺潺,像在哭诉着往日如烟。春天的气息渐渐消失,罗衾单薄,抵挡不住夜里五更时的寒冷。在睡梦中,不知道自己身在异国他乡,只能享受一时半刻的欢愉。一个人靠着栏杆向远处眺望,回想着往日自己拥有的无限江山，顿时让人感到无限伤感。离别是那么容易，再想见到却那么难，就像那流逝的江水和凋零的红花。今昔对比，一个是天上，一个是人间。

"天上"和"人间"两个词是写实，又像是词人的自嘲。才华横溢，能诗擅词的李煜虽然在文学造诣上被人称颂，被后人称为"千古词帝"，可在政事上，他却是个昏庸无能之辈。就像是一个在天上，一个在人间。

李煜本不该当皇帝，他自己也不屑于去当这个皇帝。他性情宽厚，不爱争权夺利，而且他性格懦弱，从来都是胆小怕事。他本是李璟的第六个儿子，而皇帝历来都是传位于长子，所以南唐的皇位怎么轮都轮不到李煜来做的，更何况他也不会去争。可是，李璟虽然儿子多，但除了大儿子和李煜，其他儿子均早亡。因此，李煜的长兄李弘冀继位时，李煜就成了事实上的次子。也就是说，按照惯例，如果李弘冀死了，皇位就是李煜的。李弘冀是个刻薄严厉的人，而且生性多疑。作为弟弟，李煜当然知道哥哥是什么性格。李煜本是胆小之人，面对这样一个严厉的哥哥，他当然很害怕。在李弘冀当太子期间，李煜很是安分守己，甚至因为害怕李弘冀的猜忌，他从来不参与政事。从这一点来看，李煜是个很聪明的人。而且在这期间，他曾给自己起了多个绰号，比如"钟隐""钟峰隐者""莲峰居士"等。他的这一作为，表明自己的志向在山水之间，并非朝堂之上，更无意与自己的兄长争位。

公元959年，李璟即位之初，曾表示要位终及弟，而李弘冀本就是猜忌之人，怎么能容忍自己的皇位有可能落入叔父之手。所以，经过一番设计，他将自己的叔父李景遂杀死。俗话说"多行不义必自毙"，而李弘冀本来就有病在身，再加上这弑叔的罪责，更是天理难容。就在他杀死李景遂后不到三个月，他也死了（他死时不到30岁）。于是，李璟就想把皇位传给李煜。

这个时候，有个贤臣独具慧眼，一眼就看出李煜不是当皇帝的料，他上谏李璟，希望传位给更合适的人。李璟对此很生气，立马把这位老臣降罪流放了。而李璟也自知此事还需斟酌，便把李煜先立为吴王。

公元961年，李璟迁都南昌，立李煜为太子监国，并让他留在金陵。6月，李璟驾崩，李煜登基继位。

经过一波三折，李煜当上了皇帝，可是他却丝毫没有皇帝的做派。做了皇帝本该忧心天下，勤于政事，他却整天吟诗作对，沉迷声色。

公元973年，宋太祖命李煜去开封，李煜却称病不去。弱肉强食本就是自然法则，既为弱者，在羽翼未丰满之前，需懂得隐忍，然后才能厚积薄发。李煜的我行我素成了南唐灭亡的导火索。宋太祖赵匡胤遂派曹彬领军队去攻打南唐。

战事已起，却丝毫没能令李煜幡然悔悟，他仍旧活在自己的世界里，从来不管外界的风波有多大。公元975年12月，宋军攻至金陵城下，李煜此时却还全然不知，仍沉迷在诗画当中。最终曹彬攻克金陵，南唐覆灭。

虽然灭了国，宋太宗却暂时没有杀掉李煜，只是将他囚禁在汴京城里。《浪淘沙令·帘外雨潺潺》就是李煜在被囚禁的这一时期所作。"流水落花春去也，天上人间"，昔日是高高在上的一国之君，这是"天上"；如今成了任人鱼肉的阶下囚，这是"人间"。昔日可与妻妾成双入对，吟诗作画，这是"天上"；如今孤独一人，黯然伤感，这是"人间"。昔日锦衣玉食，不知春秋，这是"天上"；如今饥寒交迫，度日如年，这是"人间"；昔日无限江山，尽归我有，这是"天上"；如今山河破碎，亡国灭家，这是"人间"！

而水流花落，春去人逝，故国难回，往日不在，亦是"天上"与"人间"。

"蓦然回首,那人却在,灯火阑珊处"中的"那人"指的是谁?

"蓦然回首,那人却在,灯火阑珊处"出自南宋著名词人辛弃疾的《青玉案·元夕》。全词如下:

东风夜放花千树。更吹落、星如雨。宝马雕车香满路。凤箫声动,玉壶光转,一夜鱼龙舞。　　蛾儿雪柳黄金缕。笑语盈盈暗香去。众里寻他千百度。蓦然回首,那人却在,灯火阑珊处。

宋淳熙元年(公元1174年),金人压境,南宋国势衰弱,统治者不思进取,安于现状,整日歌舞享乐。心忧天下的辛弃疾文武双全,满腹经纶,想要报效国家,收复失地。可是他到处寻求机会,却苦于没有门路。元旦之夜,看着人们表面上虚假的歌舞升平,作者的心中愁绪万千。

这首词中的"那人",并非只指元旦之夜,灯火阑珊下的美女佳人，它还是一种象征。人们推测它大概有两层意义。第一层意思是说，作者面对时下风雨飘摇的国家，看到统治者整日饮酒作乐，不关心国事，加之一些民众只是"笑语盈盈"，这些都使他整日忧心忡忡。虽然他有意报效国家，却没有门路，只得独自叹息。而这里的"那人"指的是与作者一样的人。这种人是能看清现状，居安思危，有着报国愿望的人。而第二层意思是说，"那人"就是指作者本人，作者看到众人只知苟且安乐，不思国家安危，不愿和他们一样同流合污。辛弃疾在这首词中自喻明志，希望自己和词作中的"那人"一样，洁身自好，孤芳自赏。

辛弃疾字幼安，号稼轩，南宋著名词人。他在文学上的造诣与苏轼齐名，世称"苏辛"，同是豪放派诗词的代表人物。因为他是济南人，世人还将他与李清照并称为"济南二安"。曾有人赞美他道："稼轩者，人中之杰，词中之龙。"关于他，历史上有这样一则故事。

南宋时，由于金人的入侵，很多土地沦落到金人之手。这时候，山东地区有个农民叫作耿京，他在农民中发动起义，准备抗击金人。辛弃疾也是山东人，同样拥有爱国热情，所以他很敬佩耿京。他组织带领两千多人加入了耿京的队伍。

起初，因为辛弃疾是文人出身，对于急缺武将的耿京来说，并不怎么看重辛弃疾，只让他在军中做了一个小小的文官,掌管军务文书和帅印。而就在做文官之后不久,发生了一件事,这件事彻底改变了耿京对辛弃疾的看法。辛弃疾有个朋友名叫义端,是一个不守清规戒律的花和尚,与辛弃疾一同投奔耿京的起义军。义端受不了军营里的苦,便乘辛弃疾不备,将耿京的帅印偷走,准备到金军的大营邀功请赏。耿京发现这件事后,十分愤怒,但是又找不到义端,只能迁怒于辛弃疾。辛弃疾自知交友不慎,很是羞愧,自觉理屈词穷,无言以对。他立刻请命立下军令状,誓要追回义端,听候发落。

当天夜里,辛弃疾快马加鞭到达一条去往金营必经的小路。第二天一早,他在此捕获了逃走的义端,并手起刀落将义端的脑袋砍了下来。辛弃疾夺回帅印后,耿京从此对他刮目相看,并委以重任。

之后,在耿京和辛弃疾的带领下,起义军打了多次胜仗。这使更多的抗金人士闻名而来,加入了起义军的队伍,最后起义军竟然拥有了二十几万人。这时,耿京派辛弃疾去南方和南宋朝廷商量一起抗金的事。在辛弃疾不在的这段时间,起义军中却出了一个叛徒。这个叛徒的名字叫张国安。张国安乘辛弃疾不在的时候,将耿京暗杀,随后逃到了金国的兵营里。

因为起义军没有了领袖,不久就自动解散了。辛弃疾从南方回来，知道事情的原委后，悲痛又愤怒。他要为耿京报仇。

于是，辛弃疾精挑细选了五十名勇士，个个穿了金军的军服，扮作金军模样，在当天晚上，偷偷混进了金国的营帐。之后，他们在一个军帐内发现了张国安。张国安此时正在和两个金军将领喝酒，看到辛弃疾和几个人突然冲了进来，吓得魂飞魄散，连忙躲到了桌子底下。两个金军将领想要反抗，辛弃疾左右两刀，将金军将领砍死。随之，辛弃疾跨出一步，俯下身子一把将张国安从桌子底下揪了出来。辛弃疾和手下巧施手段，骗过门卫，将张国安偷偷从金军大营中劫了出来。最终，张国安被砍了脑袋。

做这件事时，辛弃疾只有二十三岁。辛弃疾有勇有谋，胆识过人。而这样一位有才能的人，心中自然有莫大的抱负。他怀着一腔爱国的热血，誓要上阵杀敌，收复失地，建功立业，赶走金人。可是却因为统治者的昏庸无能，使他报国无门，白白蹉跎了大好的青春岁月。万般无奈之下，他只能将自己的愁绪寄托在诗词当中。

"便纵有千种风情，更与何人说"表达了作者怎样的情怀？

"便纵有千种风情，更与何人说"出自北宋著名词人柳永的词作《雨霖铃》。全词如下：

寒蝉凄切，对长亭晚，骤雨初歇。都门帐饮无绪，留恋处，兰舟催发。执手相看泪眼，竟无语凝噎。念去去，千里烟波，暮霭沉沉楚天阔。　　多情自古伤离别，更那堪，冷落清秋节！今宵酒醒何处？杨柳岸，晓风残月。此去经年，应是良辰好景虚设。便纵有千种风情，更与何人说？

宋词流派分为婉约派和豪放派。柳永是婉约派的代表人物之一。这首《雨霖铃》是作者在离开汴京时所作。汴京是北宋时的京都，也是柳永一生之中逗留时间较长的地方。这首词寄托了作者在离开汴京时，告别情人的千愁万绪，隐隐道出了他对京都特别的留恋之情。

"雨霖铃"是词牌名。"雨霖铃"词牌的来历很是凄美。公元755年11月,即唐玄宗李隆基在位时,手握兵权的安禄山发动政变,史称"安史之乱"。"安史之乱"时,唐玄宗迫于压力,不得不带着杨贵妃和众皇子一起离开长安,逃往四川。在路经马嵬坡时,行进队伍准备整顿休息,而就在这时发生了兵变,禁军主帅陈玄礼带领众将士先将丞相杨国忠杀死,之后又以"红颜祸水,祸国殃民"为由逼迫唐玄宗杀死杨贵妃。唐玄宗与杨贵妃情深似海,抵死不从,众将士却咄咄相逼。杨贵妃心念唐玄宗的恩情,不愿看到他被众人逼迫,自愿请死。杨贵妃死后,"安史之乱"被平定,唐玄宗北上回京,一路上小雨淅淅沥沥,风雨吹打着皇鸾上的金铃。《明皇杂录》里记载:"明皇既幸蜀,西南行,初入斜谷,霖雨弥旬,于栈道雨中闻铃,音与山相应。上既悼念贵妃,采其声为《雨霖铃》曲,以寄恨焉。"这即是"雨霖铃"词牌的来历。

唐玄宗和杨贵妃是生死离别,柳永作《雨霖铃》则是与情人的告别。"便纵有千种风情,更与何人说"是词作的最后一句,作者前面借景抒情,借"杨柳岸,晓风残月"等景物婉转抒发了自己在离别时的千愁万绪。之后,又万般无奈地做出总结:这一离别可能要很多年,相爱的人不能在一起,即使遇到再美好的风景,也形同虚设。我满腹的情意,也找不到人去诉说了。于是此时便有了"便纵有千种风情，更与何人说"。

和大多数文人一样，柳永最初的目标是参与政事，所以他多次进京赶考，可是都没有考中。于是，他整日借酒消愁，排解自己心中的苦闷。幸好酒楼里的歌舞名妓都很赏识他的才华，频频让他作词吟曲，而柳永和她们在一起也总是很开心。

虽然之后柳永终于在科举中考中了，可是不久就发生了一件意想不到的事，使他丢了官职。

柳永曾经写过一首《鹤冲天》的词作，词中有一句"忍把浮名，换了浅斟低唱"。柳永的词因为口口相传，所以宋仁宗也有所耳闻，而当听到这句狂妄浮夸的言辞时，宋仁宗很生气。于是在批阅进士名单时，他看到柳永的名字，便将它从中榜名单中划去了。宋仁宗还对身边的人说道："这个人爱好'浅斟低唱'，那还要什么'浮名'呢？就让他填词去吧。"最终，柳永还是落了榜。

仕途的不顺，让柳永只能寄情于吟诗作词。幸运的是，那些歌舞名妓总是能够与他相依相伴、不离不弃。能够得到别人的认可，柳永有了信心，他没有因为做不了官而自暴自弃，却是一心为欣赏他的人作词填曲，尽情施展自己的文采天赋。

"便纵有千种风情,更与何人说"中最主要的情意是男女之情。柳永年轻时文采出众,风流倜傥,英俊潇洒,因为他常常出入酒楼,与众多歌舞名妓相识相知,所以他堪称多情公子。

柳永心中最重要的人要数名妓谢玉英了。而这首《雨霖铃》据传也是为谢玉英而作。谢玉英的相貌倾国倾城,亦是才女,她一向心高气傲,一般人很少能打动她。但是柳永的才气令她深深折服,而柳永也被她的美貌吸引。二人相知相许,堪称当时的一段佳话。

柳永的一生是富有才华的一生,更是儿女情长的一生。他为后人留下的宝贵词作,无疑是一笔巨大的精神财富。《雨霖铃》便是其中最具代表性的作品之一。纵观他极富才情的一生,我们不禁又想到《雨霖铃》里的那句:"便纵有千种风情,更与何人说?"

第八章

豪放激昂词话：江山如画，一时多少豪杰

宋词是继唐诗之后的又一文学形式，它起源于唐朝，兴起于五代，鼎盛于两宋，所以世人称其为"宋词"。由于词风的不同，宋词分为两大流派，即豪放派和婉约派。

历史上，豪放派的代表人物有苏轼、王安石、辛弃疾等。相较于婉约派，豪放派的描写场面宏大，言语直白犀利，气势上雄浑豪迈，让人读起来热血沸腾，给人以畅快淋漓之感。

《书吴道子画后》中就记述了苏轼对"豪放"的看法，即："得自然之数，不差毫末。出新意于法度之中，寄妙理于豪放之外。所谓游刃余地，运斤成风。"这段文字说出了豪放的两方面特点：一方面是内容上的真实具体，气势雄浑；另一方面是表现形式上的生动具体，浪漫恢宏。

"江山如画,一时多少豪杰"抒发了诗人怎样的感慨?

"江山如画,一时多少豪杰"出自苏轼写的《念奴娇·赤壁怀古》。全词如下:

大江东去,浪淘尽,千古风流人物。故垒西边,人道是,三国周郎赤壁。乱石穿空,惊涛拍岸,卷起千堆雪。江山如画,一时多少豪杰。　遥想公瑾当年,小乔初嫁了,雄姿英发。羽扇纶巾,谈笑间,樯橹灰飞烟灭。故国神游,多情应笑我,早生华发。人生如梦,一尊还酹江月。

这首词的大概意思是,长江之水向东流去,千百年来,历史上才华横溢、风流一时的英雄豪杰们,都被长江滚滚的波浪冲洗掉了。不远处,那旧营垒的西边,人们都说它是三国时大破曹军的赤壁。石壁陡峭不平,直插云天,惊人的波浪狠狠地拍着江岸,卷起了像千堆雪般的层层浪花。江山美丽如画，那时有多少英雄豪杰啊！遥想当年的周公瑾，那时小乔刚刚嫁了过来，他英雄盖世，英姿飒爽。手里拿着雁羽做的扇子，头上戴着青龙丝帛的头巾，谈笑之间，便把曹操的无数战船在浓烟烈火之中烧成了缕缕灰烬。神游在三国时的战场上，人们该笑我太多愁善感了，可惜我已过早地生出了白发。人生就像短暂的梦一场，还是把一杯美酒献给江上的明月，和我痛饮共醉吧！

这首词谈古论今，慷慨激昂，磅礴大气，是苏轼豪放词的杰出代表。它创作于宋神宗元丰五年，即公元1082年。当时苏轼深陷"乌台诗案"，被贬到黄州当了个小官。他四处游山玩水，以此来放松心情。而这首《念奴娇·赤壁怀古》就是他在游玩路经黄州城外的赤壁矶时所作。

"江山如画，一时多少豪杰"能让人立刻进入追忆的神游状态。望着这绮丽的江山美景，回想着千百年间一代代的英雄豪杰，词人最先想到的便是眼前遗迹中记录的人物。这就是三国时期的名将周公瑾。

周瑜，字公瑾，东汉末年名将，庐江舒县（今安徽庐江西南）人。周瑜出生士族，精通音律，年少的时候和孙策是挚友。后来周瑜归顺孙策，年轻有为，深受孙策器重，并拜为建威中郎将，人们称之为"周郎"。周瑜一生战功无数，后来又与黄盖等人策划了史上著名的赤壁之战。

公元 208 年，曹操率领二十余万水陆大军，号称百万，发起荆州战役，之后讨伐孙权。由于曹操势大，刘备和孙权不得不联合抗曹。周瑜率领大军在樊口与刘备会合。两军经过商议，决定逆水而上，到达赤壁。后来，他们刚好遇到正在渡江的曹操大军。两军相遇必有一战。但是因为当时曹操的军队里瘟疫横行，而且新编的水军和荆州水军很难磨合，导致军队士气不足，这样初战的时候就被周瑜的军队打败。战败的曹操只得把水军引到江东地界与陆军会合。其间，曹操命人将战船停靠在长江北岸的乌林一侧，每日操练水军，等待合适的时机出战。而此时周瑜则把战船停靠在南岸的赤壁一侧，隔江与曹操对峙。由于北方士卒不熟悉水性，很不适应在船上作战，于是曹操便想了一个办法——他让军人们把每条战船的首尾相连，这样就减弱了风浪的冲击，军人们对船上的操练也慢慢适应。周瑜见到曹操这样做，心里很担心，考虑到敌众我寡，实力悬殊，久持不利，他决意寻机速战。然而曹操的军队有二十多万，而周瑜的一方只有区区五万联军，直接兵戎相见是不理智的。周瑜知道必须要有可行的计策，这一仗才能打下去。

后来，周瑜手下的老将黄盖，根据曹操"连环船"的弱点，献了一计。经过众人的商议，周瑜认为此计十分可行。到了约定开战的那天，周瑜命黄盖等人将装满干草等易燃物的战船驶向曹操的大军。在离曹操大军不到二里的地方，黄盖命人将战船上的干草点燃。顿时，大火熊熊燃烧起来，借着东风，二十多条战船如二十多条火龙一般，迅速驶向曹营。曹军如何能想到竟有这样的事情，看到大火来临，立刻手忙脚乱起来。由于他们的战船相连，行动不便，所以还没等到曹军解开战船，大火就已经临身。曹军因此大乱，将士们纷纷逃命，很多人甚至跳入了水中。可是北方人本就不熟悉水性，跳入水中的军士被淹死的不计其数。大火熊熊，风势向东，曹操的战船一个个都着起火来，无处可逃的军士又被烧死了大半。周瑜见时机已到，立刻命大军驶向曹营，大开杀戒。曹军一度溃败，局势已经不可挽回。曹操见势不妙，遂带领残余部将从华容道逃跑。

赤壁之战由周瑜、黄盖等人导演，是历史上著名的以少胜多的战役，它的胜利奠定了三国鼎立的基础。

苏轼看着眼前的赤壁遗迹，想到古往今来的英雄豪杰们，自然有所感慨，故而有"江山如画，一时多少豪杰"，而这也呼应了后文对周公瑾的追忆。在追忆之余，由古人联想到现实中的自己，白发已生，年过半百，壮志难酬，不免感叹岁月易逝，年华易老。

"马作的卢飞快"中的"的卢"指的是哪匹马?

"马作的卢飞快"出自辛弃疾写的词《破阵子·为陈同甫赋壮词以寄之》。全词如下:

醉里挑灯看剑,梦回吹角连营。八百里分麾下炙,五十弦翻塞外声。沙场秋点兵。　马作的卢飞快,弓如霹雳弦惊。了却君王天下事,赢得生前身后名。可怜白发生。

词标题中的"破阵子"是词牌名,出自《破阵乐》,是唐玄宗时期的教坊曲名。而词题中的"陈同甫"即陈亮,同甫是他的字。陈亮是辛弃疾志同道合的朋友,他们不仅友谊深厚,同是词人,而且词风也相似。

《破阵子·为陈同甫赋壮词以寄之》写于好友陈同甫拜访辛弃疾后的往来书信中。当时陈同甫才气豪迈,颇有建树,由于和辛弃疾一样,积极主张收复失地,受到反对派的打击。

这首词的前半部分描绘了作者早年抗金时,军队的豪壮气概,以及练兵杀敌时的壮阔场面,更是塑造了一位勇敢无畏、忠心不二、披肝沥胆的将军形象。"马作的卢飞快,弓如霹雳弦惊"描绘了一幅激烈的战斗场面。试想一位将军带领众将士首当其冲,英勇向前,该是何等热血的场面。面对万千敌人,面对生死一线,将军想到的是精忠报国,想到的是收复失地,想到的是百万黎民的安居乐业。身下的坐骑像是能感应将军的心,同样是忠心,将军是精忠报国,而马儿是精忠报主。所以现在的马儿像昔日的"的卢"马一样,具有神力,拥有神速。它要带着将军一往无前,在万千大军中出入自如,取敌将首级如探囊取物!

"的卢"是马名,出自《三国志·蜀书·先主传》。"的卢"马的故事很是曲折离奇。

"的卢"马的第一任主人是刘表手下的降将张武。张武是个始终不一、见利忘义的人,他虽然投靠了刘表,但并非真心归降。后来张武寻到了合适的机会,便二话不说地反了刘表。

与此同时,刘备因为走投无路,借着同是汉室宗亲的由头投靠了刘表。虽然刘备因时运不济,这才寄人篱下,但刘备是个有志向的人,他明白唯一能壮大自己的只有军功。所以刘备向刘表请缨,要亲征讨伐张武。就在兵刃交接的时候,刘备望见了张武坐下的"的卢"马,大赞道:"此必千里马也!"旁边的赵云听到这句,明白了刘备的意思,立刻挺枪而出。

不到三回合,赵云便把张武斩于马下,并夺了"的卢"马而回。刘备正愁没有礼物用来报答刘表的收留之恩,刚刚得了神马,便想将此马当作礼物献给刘表。刘表本来很高兴,可是身边的谋士蒯越却悄悄对他说道:"此马眼下有泪槽,额边生白点,名为'的卢',骑者妨主。"接着又道:"张武骑此马而亡。"刘表听了蒯越的话,吓得赶紧找理由将"的卢"马又还给了刘备。刘备又成了"的卢"马的主人。

不久后,刘表的一个幕宾伊籍偷偷将"的卢"马妨主的消息透露给刘备,刘备却不以为意,仍旧珍爱"的卢"马。后来,刘表的小舅子蔡瑁想要设计陷害刘备,伊籍再次向刘备报信,刘备得知后感到大事不妙,仓皇离开酒席。他跃上"的卢"马,二话不说便是一顿加鞭乱打,"的卢"马情急之下慌不择路,结果匆匆忙忙就闯进了檀溪。檀溪有数丈之宽,刘备骑着马如何能过?这时刘备忽然想起先前伊籍的劝告,他此时十分后悔,同时又焦急又愤怒。于是,他一边狠狠地抽着"的卢"马的屁股,一边大喊道:"的卢,的卢!今日妨吾!""的卢"马像是听懂了主人的呼喊,有灵性一般忽然从深深的溪水里一跳而起,竟然一跃便是三丈,一口气就到了溪水的对岸,救了刘备一命。从此以后,刘备更加珍爱"的卢"马，再也不相信"的卢妨主"的说法。

"的卢"马救刘备的事并非这一件。刘备有一重要谋士，名叫庞统，号凤雏，与诸葛亮齐名。徐庶曾对刘备评价二人道："卧龙凤雏，得一而可安天下。"在刘备和刘璋决裂的时候，庞统献上了上、中、下三条计策。这样的贤才能士，当然受到刘备的重视，并且委以重任。在刘备出兵入蜀的时候，他看到庞统的坐骑十分瘦弱，由于爱才，更为了显示对庞统的重视，他忍痛将心爱的"的卢"马赠予了庞统。可是，在庞统骑着"的卢"马路经落凤坡的时候，突然有一群人冲了出来。他们见到"的卢"马后，误将庞统当作了刘备，一通乱箭狂射，将庞统连人带马一同射死在坡前。

《破阵子·为陈同甫赋壮词以寄之》是辛弃疾豪迈之风的代表作。全词描写了练兵时的壮阔场面，以及将士的日常生活，更是着重刻画了一位英勇的将军形象。通过这一系列细节的描写，表达了作者渴望上阵杀敌，收复失地，报效祖国的美好愿望。但是很多时候往往事与愿违，词人最后又点出"可怜白发生"，这又表达了作者尽管有心报国，可是却英雄迟暮，壮志难酬的心境，可以说，既壮阔豪迈，又悲凉萧索。

"持节云中,何日遣冯唐"有什么典故?

"持节云中,何日遣冯唐"出自苏轼的《江城子·密州出猎》。全词如下:

老夫聊发少年狂,左牵黄,右擎苍。锦帽貂裘,千骑卷平冈。为报倾城随太守,亲射虎,看孙郎。 酒酣胸胆尚开张,鬓微霜,又何妨?持节云中,何日遣冯唐?会挽雕弓如满月,西北望,射天狼。

《江城子·密州出猎》写于宋神宗熙宁八年冬。当时北宋边境屡遭辽国和西夏侵犯。而此时苏轼却在政治上不得志,被贬到密州任知州。词创作于苏轼在密州的一次出猎中。苏轼的豪放词风也在这一时期形成,而《江城子·密州出猎》是世人公认的他的第一首豪放词。

苏轼被贬密州任知州期间,勤政爱民,政绩卓著,深受当地百姓的爱戴。苏轼此次出猎之时,队伍庞大,盛况空前。

密州的百姓因感激他的爱民勤政，纷纷携亲结友，为此次狩猎列队壮行。

当时苏轼正值中年，并非多老，而词中"老夫"一是效仿"冯唐"，叹老嗟卑，呼应后文，二是与"孙郎"英雄年少相对应，从而抒发自己怀才不遇，壮志难酬的情怀抱负。

"锦帽貂裘，千骑卷平冈"写出了出猎时的声势浩大，盛况空前。"为报倾城随太守，亲射虎，看孙郎"，这里用了一则典故。"孙郎"指的是孙权。《三国志·吴书·吴主传》载："二十三年十月，权将如吴，亲乘马射虎于庱亭。马为虎所伤，权投以双戟，虎却废。常从张世击以戈，获之。"这段话的意思是，建安二十三年十月，孙权在将要回吴郡的路上，骑马将一只老虎射猎在路边的亭子旁，孙权的马被老虎所伤，他便用两只戟投射老虎，却被老虎拔掉，他的侍从张世以长戈击打，才将它捕获。在这里，词人自比孙权，要射杀猛虎。同时，也道出了此行的目的，即亲自狩猎。

词中最能抒发作者心声的便是："持节云中，何日遣冯唐？"出猎之时，苏轼与众将士举杯痛饮，壮大胆气。虽然作者自称"老夫"，鬓角已有白发，但他并不在乎，借着酒兴，抒发狂气。以"老"衬"狂"的同时，道出自己的愿望："持节云中，何日遣冯唐？"世人都知"冯唐易老"，词人效仿古人叹老嗟卑。可他此时更希望朝廷能派一位像冯唐一样的使臣，召他回去，并委以重任。

词的最后一句"会挽雕弓如满月，西北望，射天狼"则用一则典故道出了作者的志向，即他要报效祖国，为祖国驻守边疆，建功立业。"天狼"指天狼星，此星在天空的西北方，这里代指当时侵犯北宋的西夏军队。

苏轼一生坎坷，几次大起大落，虽多次被贬，其中又不乏东山再起的时刻。有趣的是，他每次政事上的失意，都给他提供了文学上的素养，使他每每佳作频出。这首《江城子·密州出猎》，全词三次用典，慷慨激愤，大气磅礴，自成一体。它的创作是苏轼豪迈文学的开端，是作者以词明志、彰显豪迈之风的第一次大胆尝试，又是历史上豪放文学弥足珍贵的佳篇。

"千古江山,英雄无觅,孙仲谋处"中的英雄有谁?

"千古江山,英雄无觅,孙仲谋处"出自辛弃疾的《永遇乐·京口北固亭怀古》。全词如下:

千古江山,英雄无觅,孙仲谋处。舞榭歌台,风流总被,雨打风吹去。斜阳草树,寻常巷陌,人道寄奴曾住。想当年,金戈铁马,气吞万里如虎。 元嘉草草,封狼居胥,赢得仓皇北顾。四十三年,望中犹记,烽火扬州路。可堪回首,佛狸祠下,一片神鸦社鼓。凭谁问,廉颇老矣,尚能饭否?

这首词是辛弃疾的代表作之一,写于宋宁宗开禧元年,即公元1205年。这一年辛弃疾已经六十六岁,年过半百。当时,南宋受到北方金人的侵略,多年陷于战乱。朝廷在此时决定北上讨伐金国。辛弃疾本来已经闲居很长一段时间,这时却被朝廷重新启用,并任命他为浙江安抚使。其实这只是朝廷对他这位主战元老的利用——是利用他的号召力，并非是对他很重视。虽然辛弃疾也知道这一点，可报效国家是自己的愿望，即使被利用，他也没有丝毫怨言。他到任后，积极筹划北伐的战前准备，可是政治上的钩心斗角，使得他孤立无援。他支持抗金北伐，认为战前必须认真准备，才能有胜算。可南宋朝廷的掌权者昏庸无能，行事一贯冒进，缺少谋略，对于辛弃疾的谏言，他们丝毫不重视。这使得辛弃疾整日忧心忡忡，很是苦闷。

有一次，辛弃疾来到京口的北固亭，想要舒缓一下心情。他登上高处，眺望远方，看着祖国的大好河山，追忆着古人，内心激动澎湃。一边是英雄盖世、意气风发的古人，一边是令人担心烦闷、进退艰难的现实，这令辛弃疾十分感慨，所以他顺势写下了这一千古流传的佳作。这首作品延续了辛弃疾一贯的豪迈之风，读来令人慷慨激昂，心情澎湃。

"千古江山，英雄无觅，孙仲谋处"是这首词的首句，词中的孙仲谋为三国时期吴国的孙权。

孙权，字仲谋，是三国时期吴国的开国皇帝。孙权从小就跟随自己的父亲和哥哥南征北战，见识广博。他爱读书，博学多才，同时还有不俗的武艺，可谓是文韬武略，样样精通。曹操就曾说过："生子当如孙仲谋。"曹操和孙权、刘备三分天下，本来是对手，却能说出这样的话，足见他对孙权的赏识,这也充分证明了孙权是当时的真英雄、真豪杰。

一个人有自知之明是很重要的,这不仅能清楚地定位自己,更能根据现实情况作出正确判断,从而走向成功。但凡事往往当局者迷,旁观者清。善于听取别人意见的人,更是难能可贵。孙权就是一个善于听取别人意见的人。

孙权喜欢喝酒,但酒后误事是大多数人常有的事。孙权建立吴国,当上吴王后,就大设宴席,用来犒赏三军,慰藉群臣。宴席中,能与群臣同乐,又有美酒佳肴,美女歌舞,孙权特别高兴。在宴会快要结束时,孙权走下坐榻,决定与群臣行酒。能和大王同饮,众人都很高兴。可是在孙权走到骑都尉虞翻面前时,虞翻却假装喝醉了,躺在地上,根本不理睬孙权的到来。孙权此时并不知道他是否真醉,于是悻悻地回到了自己的座位上。可是就在孙权回到座位后,虞翻一下子从地上爬了起来,若无其事地重新坐下。受到臣子的怠慢,孙权立刻大怒,他拔起宝剑,就要冲上去杀了虞翻。群臣大惊失色,吓得纷纷躲开。只有大司农刘基立刻挺身而起,一把抱住了孙权。

刘基一边抱着孙权,一边劝说道:"大王不要冲动啊!在醉酒的时候,杀掉身边的贤能人才,这是不妥当的。即使虞翻真的冒犯了大王,天下的人又如何能知道?大王能勤政爱民,礼贤下士,才让贤才能士们趋之若鹜,才成就了今日的吴国。

大王不能因饮酒后的一时冲动而破坏了自己的好名声啊!"

孙权此时正在气头上,反驳道:"曹操当年能杀掉孔融,我现在为何不能杀虞翻?"

刘基又道:"大王糊涂,曹操是奸佞之徒,他乱杀贤臣,狂妄自大,天下的人都反对他。而您宽厚大度,施行仁政,可与史上的尧舜相比,怎么能和曹操这种小人相提并论?"

听过刘基的话后,孙权渐渐冷静下来,细细思考确实如此,于是他便不再追究虞翻的罪过。最后他又对侍卫说道:"从今天开始,以后凡是我酒后说要杀人,你们切莫当真,千万别错杀了贤人!"

又有一次,还是孙权饮酒时,那时他喝醉了,因为太高兴,有些不太注意自己的言行。他令侍卫用水洒到大臣们的身上,然后笑着道:"今天我们不醉不归,必须喝倒才能走!"但是这时将军张昭却板起了脸,什么也没有说,就独自默默离开了酒席,到外面自己的马车里坐了下来。孙权有些不明白,派人叫张昭回去喝酒,疑惑地问道:"我们今天不过就是饮酒取乐罢了,又没有干别的事,你怎么说不高兴就不高兴啦?"张昭答道:"曾经纣王不仅暴虐无道,还建了酒池肉林,整日寻欢作乐,不问朝政,当时他也没觉得这是坏事!"孙权听了,很是惭愧,也没有说其他什么话,就让大臣散了宴席,各自回家去了。

孙权能在英雄林立的时代脱颖而出,成为一代国君,不仅是因为他自身的文韬武略,才干过人,还与他能虚心听取别人的意见,知错就改的优良品格有关。

古今英雄无数,辛弃疾能在烦闷失意的时候,首先想到孙权,可见孙权在辛弃疾心中的地位很不一般。辛弃疾正处在抗金北伐的关键时刻,他当然希望能够伐金成功,夺回失地。可是朝廷的冒进让他很是担心,上书意见又不被重视,这使他不由得联想到曾经的宋武帝刘裕,便有了:"斜阳草树,寻常巷陌,人道寄奴曾住。想当年,金戈铁马,气吞万里如虎。"这里的"寄奴"指的便是刘裕。

刘裕有"南宋第一帝"之称。相传,他出生之时,天上降下神光,整个产房都被照得通透明亮。而且当天夜里,还有甘露从天降。刘裕成人以后,从军起义,一步步通过军功上位。他曾两次北伐,灭南燕,绝后秦,收复洛阳、长安等地,最终统一南方,成为一代帝王。

刘裕不仅骁勇善战,而且很有谋略,遇事沉着冷静,善于智取。辛弃疾所在的朝廷虽然已经决定北伐,却缺少策略和必要的准备,这令辛弃疾忧心忡忡,烦闷不已。而刘裕在北伐的时候却做了充分的准备。

刘裕北伐时,在黄河北岸与北魏发生了冲突。当时,刘裕隔着河岸看着魏军便心生一计。他叫人传令,让一个将军带着七百人到达黄河北岸,沿着江岸摆开一个半圆形的阵势,中间鼓出,两边靠着河岸,再运了一辆兵车插上羽毛在中间指挥。由于这个阵形像个弯弯的月亮,所以叫"却月阵"。魏军看到这奇怪的阵势很是纳闷,但也不敢轻举妄动。之后,刘裕军中有人站在战车上,军士手拿白毛,一声令下,忽然两侧就出现了两千多名士兵,同时还现出一百多张大弓。魏军看到这里,顿时哈哈大笑,感到根本没有什么可怕之处,顿时,三万骑兵疯狂地越过河水,向刘裕的军队冲来。这时刘裕的军队经过授意,也动了起来,只见一百张大弓射出的并非寻常的箭矢,而是一根根又大又锋利的长矛。一百张大弓,每把配有十把长矛,总共一千张长矛向着敌人的军队里狠狠射去。这些长矛的威力之大远远超过魏军的预料,一把矛就能射死魏军三四个人。长矛扑面而来,魏军的三万兵马还没开打就损失了好几千。见到如此场面,魏军吓得掉头就跑,刘裕乘胜追击,打得魏军崩散溃逃。此后,刘裕杀退魏军,将黄河西进的道路打通。

孙权和刘裕都是辛弃疾心中的英雄,可是他现在已经年过半百,和当年的廉颇一样,是有心无力,没法再有大的作为了。而面对岌岌可危的国家现状,心中有着报效国家、拯救人民的理想,却没有机会去实现,这让辛弃疾悲愤忧虑,只能借助诗词来抒发感慨。

"一为钓叟一耕佣"中的"钓叟"和"耕佣"指的是什么?

"一为钓叟一耕佣。若使当时身不遇,老了英雄"出自北宋文学家王安石的《浪淘沙令·伊吕两衰翁》。全词如下:

伊吕两衰翁。历遍穷通。一为钓叟一耕佣。若使当时身不遇,老了英雄。　　汤武偶相逢。风虎云龙。兴王只在笑谈中。直至如今千载后,谁与争功!

这首词作于王安石变法期间,即北宋中期。当时人民的赋税繁重,土地兼并十分严重,社会的阶级矛盾严重激化。不仅如此,因为不满朝廷,农民时常发动起义,导致整个社会动荡不安。而受民族矛盾激化的影响,北方的辽国和西夏也对北宋王朝虎视眈眈,时常发动侵略。此时,王安石作为宋朝的丞相,主张变法。

这首词中的"钓叟"指的是吕尚。吕尚,即姜子牙,姓姜，吕氏，名望，世人也称他为姜尚。他是商朝末年人。"钓叟"的表面意思是钓鱼的老头——姜子牙在未被周文王重用之前，常常在溪边钓鱼。

相传，商朝时期，殷纣王沉迷酒色、暴虐无道，导致社会动荡、民不聊生、怨声载道。而西部的周国却是另一番景象。西伯侯姬昌贤明有德、实行仁政、勤俭立国、发展经济，使得周国人民安居乐业。

姬昌礼贤下士，昭告天下广纳英才。在商国的姜子牙听说了姬昌的贤德和纳才之心，便来到了渭水之滨的西周地界。他在磻溪住下，每天以钓鱼为乐，坐观天下大事，静等时机的到来。

在此期间，人们尊称他为姜太公。姜太公喜欢在溪边钓鱼，但是他钓鱼的方式却和别人有很大的不同。通常人们钓鱼，用的都是弯钩，而且上面还要穿上香喷喷的食饵，再把鱼钩沉入水底，这才能够让鱼儿吃食上钩，钓到大鱼。可是姜太公却不这样做。他的鱼钩不是弯的，而是直钩，上面也不穿食饵，空空如也。最奇怪的是，他的鱼钩从不沉入水底，一直停留在离水面三尺高的地方。每天钓鱼，他都是高高地举着钓竿，还自言自语道："鱼儿啊鱼儿，如果你愿意的话，就快快上钩吧！"有一次，一个打柴的年轻人从山里打柴回来，刚好看到姜子牙在溪边钓鱼。起初，他并未觉得有什么奇怪，但是细看之下，他就笑了起来——他见到这个老头钓鱼竟然用直钩，而且不穿饵食，还高高地悬在水面上。他想：这如何能钓到鱼？于是，他放下背上的干柴，走过去提醒道："老太公，你这样钓鱼不对呀，如果照这样钓下去，你一百年都钓不上来一条鱼哦！"姜太公举着鱼竿，晃了晃，笑着道："小子，太公我不是来钓鱼的，而是来钓王与侯的！"

后来，姜太公直钩钓鱼的奇特事件不胫而走，很快便传到了西伯侯姬昌的耳朵里。姬昌开始派了一个士兵，去请姜子牙。可是，姜子牙看都不看那个士兵一眼，也不理睬他，只是自顾自地一边钓鱼，一边自言自语："钓啊钓，钓啊钓，鱼儿不上钩，虾儿来胡闹！"士兵见这个奇怪的老头儿不理自己，便回到姬昌那里禀报情况。姬昌听了士兵的禀报后，又派了一个大臣前去邀请。可是姜子牙却仍旧不理，还是一边钓鱼一边自语道："钓啊钓，钓啊钓，大鱼不上钩，小鱼别胡闹。"大臣回去禀报之后，姬昌这才恍然大悟，知道自己可能遇到了一位贤才。于是，姬昌决定亲自去邀请姜子牙。出发之前，姬昌先吃了三天的斋饭，然后沐浴，换了新衣，带着厚礼，诚心诚意去邀请。姜子牙见这位伯侯果真如人们说的那样礼贤下士，并且他在邀请自己时也确实诚心诚意，便答应为他效力。

姜子牙先是辅佐姬昌，接着又辅佐姬昌的儿子武王灭掉商朝,建立了西周。武王将齐地赏赐给姜子牙,姜子牙实现了自己建功立业的愿望。后人有感于文王与姜子牙这对君臣关于钓鱼之说的佳话,就将"姜太公钓鱼——愿者上钩"的歇后语口口相传。

"一为钓叟一耕佣。若使当时身不遇,老了英雄"中的"钓叟"说的是姜子牙,而"耕佣"说的则是伊尹。

伊尹是夏末商初人,虽为奴隶出生,但自幼聪颖,勤学上进。他知法明理,学识渊博,后来被商君委以重任,定国安邦。伊尹的身世很是传奇。相传,伊尹出生在夏朝,有一个小国名字叫作莘国,莘国有个姑娘经常去河边的桑林里采摘桑叶。一次,这个姑娘和往常一样去采桑叶,她见到一棵很大的桑树,这棵桑树中间有个树洞,进去一看,她惊奇地发现洞里竟藏着一个婴儿。后来,她把这个婴儿献给了国君。国君也很惊奇这个婴儿为何会在树洞里,于是,派人去查这个孩子的来历。前去调查的人回来后,向莘国国君禀报了一个神奇的故事:

在伊水旁住着一个妇人,这个妇人在怀孕期间做了一个梦。梦中,一个神人走进了她家的院子,这个神人指了指妇人家舂米的石臼,说道:"如果哪天你看到石臼里冒出水来,就赶快向东跑,千万别回头!"第二天,她果然看到石臼里正向外冒水,她知道不妙,立刻照着梦中人的话,喊了邻居,同他们一起，向东边跑去。不知跑了多远，她终于忍不住回头去看，只见洪水已经淹没了村庄。看完之后，她就忽然变成了一棵大桑树。后来桑树的树干裂开，出现了一个树洞，树洞里有个婴儿。由此看来，这个婴儿是那棵桑树的儿子了。因为伊尹的母亲住在伊水旁，后来他辅佐成汤，被委以重任，人们就叫他伊尹，此处的"尹"是官名。

伊尹是被厨子养大的，所以能做各种美味的饭菜，而且他从小喜欢读书，很有学问。莘国国君因此让他做了女儿的老师。

当时夏桀王荒淫无道，不得人心，成汤广纳人才，准备推翻桀的暴政。成汤有一次做了一个奇怪的梦，他梦到一个人身后背着做菜的铜鼎，手里拿着切肉的砧板，冲着自己笑。对这个奇怪的梦，成汤感到很迷惑，于是给自己算了一卦。卦象上的显示让他若有所思，心道："铜鼎能做菜，调和五味，这不就是指治理国家要协调各种因素和力量吗？砧板能切菜切肉，这不是和分割疆土、分封诸侯一样吗？难道说是有贤人出世，帮我完成大业？"

过了一段时间，成汤娶了莘国的公主，而伊尹作为陪嫁，与婚礼队伍一起来到了成汤这里。成汤看到果然有个人背着铜鼎，拿着砧板。几经波折之后，伊尹得到了成汤的重用。后来，尹帮助成汤推翻了夏朝，建立了商朝。再后来，伊尹完成了建功立业的抱负，功成名就，告老还乡。回到家乡后，他便以种桑耕田为生。

伊尹为商朝理政安民六十多年，治国有方，很受民众爱戴，后人称他为"贤相"。

王安石在国家动乱，急需变法之时写了这首《浪淘沙令·伊吕两衰翁》，一方面是因为他和历史上的两位先贤同为丞相，希望自己能像他们一样受到明君贤主的赏识重用，另一方面是因为他想像两位先贤一样建功立业。王安石写下这首词用以激励自己，希望变法取得成功。而他的变法即"王安石变法"。

王安石的变法因为存在种种弊端，并受到封建贵族的强烈反对，最终以失败告终。

"追想当年事,殆天数,非人力"有关的事和人有哪些?

"追想当年事,殆天数,非人力;洙泗上,弦歌地,亦膻腥"出自南宋初期爱国词人张孝祥的《六州歌头》。全词如下:

长淮望断,关塞莽然平。征尘暗,霜风劲,悄边声。黯销凝。追想当年事,殆天数,非人力,洙泗上,弦歌地,亦膻腥。隔水毡乡,落日牛羊下,区脱纵横。看名王宵猎,骑火一川明。笳鼓悲鸣。遣人惊。 念腰间箭,匣中剑,空埃蠹,竟何成。时易失,心徒壮,岁将零。渺神京。干羽方怀远,静烽燧,且休兵。冠盖使,纷驰骛,若为情。闻道中原遗老,常南望,翠葆霓旌。使行人到此,忠愤气填膺,有泪如倾。

南宋绍兴三十一年(公元1161年)十一月,金国的君主完颜亮带领大军突破宋国的淮河防线,之后长驱直入到达长江北岸。就在完颜亮率军在采石准备渡江时,刚好碰上虞允文率领的宋国水师。宋军乘机对金兵迎头痛击,导致金军大败,并往回逃跑。于是,宋金两军就沿着长江两岸向东部进发。金主完颜亮在到达扬州时,因为部下谋反,将他杀死。群龙无首,金军不得不退回海河流域,战事暂时停止。宋国大臣张浚积极主张抗战,奉诏从潭州到建康任职,并在皇帝的行宫留守。第二年的正月,宋高宗到了建康,张孝祥也到了此地。在张浚的宴席上,张孝祥写下了这首词。

这里的"追想当年事,殆天数,非人力"是作者有感于当下现状,追忆起当年的靖康之变。北宋靖康元年(公元1126年),金军南下,横渡黄河,直接到达北宋的东京开封府。形势急迫,宋钦宗急忙派遣使者到金国的军营中请求议和。但是金军狮子大开口,提出相当无礼的要求。他们不仅索要巨额的赔款,还要宋国割让大量的土地,并要宋钦宗尊金帝为伯父,让宋的亲王、宰相当金国人质,须宋钦宗亲自送金军北渡黄河,才同意议和。

宋钦宗软弱无能,即使金军开出了这样的条件,他还是答应了。之后金军撤回北部。但又于同年的八月再次南侵,最终金人攻破东京,逼得宋钦宗亲自去金营献上了降表。宋钦宗在送降表时受到了金人的百般凌辱。首先金军统帅并不与他相见,而且要求写下的降表必须运用四六对偶句。经过反复修改后,降表才令金人满意。金人接着提出要让太上皇来,宋钦宗苦苦哀求之后,金人才罢休。金人还让宋朝君臣向北而拜行臣礼,并于众人面前宣读降表。

宋钦宗返回后,见到城门口还有那么多惦记着自己的臣子和民众,感动无比,一时号啕大哭。顿时,宫廷内外哭声震天。不久,金人前来索要议和时宋朝答应给的金银财物。由于数额巨大,宋钦宗一时凑不够,便命人大肆搜刮,甚至连郑皇后的娘家也不能幸免。可是这仍旧杯水车薪,于是宋钦宗迁怒于群臣,这使得被杀害和被杖责的大臣不计其数。金人要骡马,则京城内外马匹为之一空,大臣上朝只能徒步;金人索要少女一千五百人,宋钦宗凑不够,竟让自己的嫔妃凑数。当时有很多女子不甘受到屈辱,就选择了自杀。可以说,京城内外怨声载道,破败萧索。这就是史上有名的"靖康耻"。

北宋被金人所灭,而南宋此时又受金人的侵犯。作为南宋的子民、朝廷的臣子,张孝祥忧国忧民,积极主张抗金。面对时局,他居安思危,追忆靖康之耻,同时意在提醒掌权者,不能重蹈北宋的覆辙。

而"洙泗上,弦歌地,亦膻腥"提到的则是当年孔子讲学的地方,即洙水和泗水流经的山东。山东此时也被金人占据着，这让作者深感悲痛和愤慨。山东是军事上的重地，历来是兵家必争之地。而且，山东亦是文化的圣地。孔子便是山东人，曾经在山东兴师讲学。

  对于山东，张孝祥想到了孔子讲学，又想到了那么多贤人都出自这里，可是现在这个历史重地，文化之源，此时此刻却被金人占据，怎能不让他痛心疾首、义愤填膺呢？张孝祥的这首《六州歌头》整体场面宏大、气势壮阔、波澜起伏。它由古论今，结合现状，多层次、多角度地展现了一幅宏观的时代画卷，表达了人民反对金人入侵，以及收复失地的强烈愿望。